恋わずらい

剣客太平記

岡本さとる

時代小説文庫

JN263695

角川春樹事務所

目次

主な登場人物紹介

峡《はざま》 竜蔵《りゅうぞう》◆三田に師・藤川弥司郎右衛門近義《ふじかわやじろうえもんちかよし》より受け継いだ、直心影流の道場を持つ、若き剣客。

竹中庄太夫《たけなかしょうだゆう》◆四十過ぎの浪人。筆と算盤《そろばん》を得意とする竜蔵の一番弟子。

お才《さい》◆三田同朋町に住む、常磐津の師匠。竜蔵の昔馴染み。

綾《あや》◆藤川弥司郎右衛門近義の高弟・故 森原太兵衛《もりはらたへえ》の娘。

眞壁清十郎《まかべせいじゅうろう》◆大目付・佐原信濃守康秀《さはらしなののかみやすひで》の側用人。

神森新吾《かみもりしんご》◆貧乏御家人の息子。竜蔵の二番弟子。

清兵衛《せいべえ》◆芝神明の見世物小屋〝濱清《はませい》〟の主。芝界隈の香具師《やし》の元締。

半次《はんじ》◆四十絡みの目明かし・綱結《あみすき》。竜蔵の三番弟子。

峡 虎蔵《とらぞう》◆竜蔵の亡父。河豚《ふぐ》の毒にあたり客死。藤川弥司郎右衛門近義の高弟であった。

志津《しづ》◆竜蔵の母。竜蔵十歳の時夫婦別れ。中原大樹の娘。

中原大樹《なかはらたいじゅ》◆国学者。竜蔵の祖父。娘・志津と共に学問所を営む。

恋わずらい

剣客太平記

本書はハルキ文庫（時代小説文庫）の書き下ろしです。

第一話　真剣勝負

一

残暑もすっかり柔らいだ。

酷暑の中、稽古《けいこ》に励んできた剣士達の技量が飛躍する頃となった。

「裕《ゆう》さん、随分と腕をあげたね……」

峡竜蔵《はざまりゆうぞう》が思わず笑みを浮かべた。

この日、三田《みた》二丁目にある峡道場には、見かけぬ剣士がいて、竜蔵相手に切れのいい技を繰り出していた。

〝裕さん〟と声をかけられたのは、中川裕一郎《なかがわゆういちろう》――芝愛宕下《あたごした》・長沼正兵衛《ながぬましょうべえ》の門人である。

長沼正兵衛の亡父・活然斎は、竜蔵の亡師・藤川弥司郎右衛門《ふじかわやじろうえもん》の兄弟子《あにでし》にあたる。

元の名を斎藤《さいとう》正兵衛といい、直心影《じきしんかげ》流八代的伝《てきでん》にして、この流派を天下に知らしめた長沼四郎左衛門《しろうざえもん》の師範代を務めた剣客である。

後に四郎左衛門の養子分となり、長沼の姓を許され独立するのであるが、多忙を極めた四郎左衛門に代わって、この活然斎がほとんど門人に稽古をつけていたことから、弥司郎右衛門にとっては、兄弟子というよりも師に近い存在であったと言える。

直心影流・藤川派として、下谷長者町《したやちょうじゃまち》に己が道場を開いた後も、弥司郎右衛門はこの愛宕下の長沼正兵衛道場との交誼《こうぎ》は絶やさず、それが今日のような、竜蔵と裕一郎の稽古となって続いているのである。

初めて竜蔵が長沼道場へ稽古に出かけた頃は、道場の隅に居て雑用などをこなしていた中川裕一郎であったが、近頃ではめきめきと腕を上げていて、今も竜蔵は思わず面《めん》一本を許してしまった。

「いやいや、そのうちおれなど歯が立たなくなるやもしれぬな……」

稽古を終えるや、竜蔵はそう言って、にこやかに裕一郎の肩を叩《たた》いた。

裕一郎は二十五歳。竜蔵の四歳下にしかすぎない。これが少し前までなら、

「畜生、この次はかすりもさせねえから覚えていろよ……」

などと、ただ一本取られただけで大いに悔しがっていたはずの竜蔵であったが、このところ少しは道場に稽古をつけて貰《もら》いに来る剣士に対して、剣術師範としての余裕

をもって接することができるようになってきた。

その替わり、二十歳前の門人神森新吾《かみもりしんご》は、

「中川殿、次はいつ参られます……。今日はまったく好《よ》いところがありませんでしたが、この次は必ず一本を……」

と、裕一郎に見事にあしらわれた悔しさを隠そうともせぬ。

「うむ……、我が峡道場もおさまりがついてきたというものじゃ……」

竜蔵の四十三歳の一番弟子・竹中庄太夫《たけなかしようだゆう》はこの日も、

〝年寄りを労《いたわ》るつもりの稽古〟

をこなし、はるか年下の師と弟弟子のあり方について、満足の笑顔を向けていた。

竹中庄太夫、神森新吾の他には、網結《あみすき》の半次《はんじ》という四十絡みの目明《めあ》かししか峡道場には門人がいない。

それだけにここへ来れば剛剣で鳴らし、直心影流のどの剣客からも一目《いちもく》置かれている、峡竜蔵と存分に稽古ができる。

そんなわけで、このところ中川裕一郎は長沼正兵衛の許しを得て、何かというと三田二丁目に通ってきているのである。

道場の主《あるじ》になったとはいえ、自分の稽古をつけてもらいに長沼道場へ行くこともある竜蔵は、裕一郎の来訪を歓迎している。

長沼正兵衛への返礼の意味もあるが、

「峡先生がわたしに歯が立たなくなるなど、生きているうちに起こり得ぬことです。この時代に生まれてきた不運を嘆きますよ……」

裕一郎のこのような愛敬《あいきょう》のある謙遜《けんそん》ぶりも竜蔵は大いに気に入っているのだ。

そもそもは、長沼道場で師範代を務める桑野益五郎《くわのますごろう》から、

「竜蔵殿、この中川裕一郎は近頃珍しい好い男でござってな、何卒《なにとぞ》懇意にしてやって下され」

と、会う度《たび》に引き合わされていたことが交誼の始まりであった。

桑野は長沼活然斎の晩年の弟子で、師、亡き後は当代の正兵衛の許《もと》で修行を積んだ苦労人である。

齢《よわい》・四十八――。

歳《とし》は随分と年長ではあるが、竜蔵の、数少ない剣友の一人である故《ゆえ》に、桑野が目をかけている若い剣士なら、自分も放《ほう》ってはおけないという男の義理もあってのことだ。

思うに、桑野益五郎ほど附きに見放された経歴の持ち主もいないのではないかと思われるが、話を聞くに、この中川裕一郎もまた、なかなかに不幸な身の上であること

が、情に厚い竜蔵の胸の内をくすぐった。

父・裕之助《ゆうのすけ》は親の代からの浪人で、九州小倉《こくら》で以心《いしん》流を修め、この地で妻帯の後、青雲の志をもって江戸に出た。

そこで妻・富江《とみえ》との間に裕一郎を得たのであるが、生来の無骨者故になかなか剣客として身を立てられないままに、旅の剣客と些細《ささい》なことから口論となり、それが果し合いにまで発展して、不覚を取って斬《き》り死《じ》にした。

この一件については、まだ当時は僅《わず》か五歳であったたし、母親も息子を悲しませたくはなかったのか、

「わたしにはほとんど語ってはくれませんでした」

と、裕一郎は竜蔵に話した。

「わたしは、親父殿《おやじ》がこの世で一番強い男だと思っておりましたから、母も辛《つら》かったのでしょう」

「うむ、わかるよ。その気持ちはよくわかる……」

藤川弥司郎右衛門の高弟にして、今尚《なお》、その剛剣ぶりが語り継がれている峡虎蔵《とらぞう》を父に持つ竜蔵には胸に沁《し》みる話であった。

生きている頃は、

「誰かこの乱暴者のクソ親父を叩き伏せてくれないか……」

などと思ったこともあったが、それも父・虎蔵を畏怖《いふ》の念を込めて尊敬していたか
らであろう。

生まれてまず初めに殴られる相手である父親には、男なら誰でも強くあってもらい
たいと願うものだ。

弱い父親を見せられると、

「おれはあんな奴に、殴られていたのか……」

と、我が身が情けなくなるというものである。

「母は、いつかわたしが大きくなって、その旅の剣客を討つ……などと言い出しはし
ないかと気が気ではなかったようです」

「母親というものは、そんな風に思うのだろうな……」


竜蔵は、祖父・中原大樹《なかはらたいじゅ》の許で暮らす、母・志津《しづ》を思い出したものだ。

志津ならば、
「そもそも果し合いというものは、剣客同士が己の武芸の成果を確め合い、正々堂々
と行われるものではありませんか。それにおいて何《いず》れかが死ぬのは初めからわかりき
ったこと。これを恨みに想《おも》うのは筋違いだし、死んだ人をさらに辱《はずかし》めるものです！」

などと、理路整然としたもの言いで釘《くぎ》をさすことであろう。

峡虎蔵は旅先の大坂で、河豚《ふぐ》の毒にあたって死んだ——。

「馬鹿な親父だ……」

それを聞かされた時は、どうにもやりきれなかったが、今思えば志津と竜蔵にとっては平和でよかったのかもしれない。

もしも、虎蔵が果し合いによって落命していたら、たとえ志津に釘をさされようが、自分もまた剣客の道を歩んだのだ、父を倒した男と真剣で立ち合ってみたいと思ったことであろう。

特に裕一郎の場合、父を失った後の苦労は大変なものであったようだ。

母親の富江は、傘張りの内職などをしながら何とか裕一郎を育てたが、元来体の弱い富江には仕事のはかどりも芳《かんば》しくなく、母子は貧困にあえいだという。

父を斬った相手を恨みに思ったとしても仕方はあるまい。

「それで、裕さんは、親父殿を倒した剣客と出会ったらどうする。真剣勝負を申し込むかい……」

竜蔵は以前、桑野と裕一郎と三人で酒を酌み交した折にこのことを尋ねてみたことがある。

横で桑野が渋い表情を作ったのを見て、酒の勢いで思わず下らぬ質問を投げかけてしまったと、竜蔵はすぐに言ったことを悔やんだが、

「さあ、会《お》うてみねばわかりませんが、わたしの今の腕では、真剣勝負を申し込んだとて返り討ちにされるのは必定《ひつじょう》……。まず、桑野先生と峡先生にたとえ一本でも打ち込めるようになってからのことでしょう……」

と、裕一郎は爽《さわ》やかに笑ってみせた。

不幸な境遇を乗り越えてきた裕一郎であるが、大きな鼻に細い目が人懐っこいその顔にはいつも笑顔が湛《たた》えられていて、会う人毎《ごと》を和《なご》ませるのが身上《しんじょう》である。

しかしこの時ばかりは、その笑顔の奥に形容しがたい凄《すご》みのようなものが漂っているのを竜蔵は感じた。

果し合いに倒れた父と同じ剣の道を進む身に、血塗られた因果はどのようにふりかかってくるのであろうか——。

常人なら怖気《おぞけ》がはしる想いと、裕一郎は幼少の頃から付き合ってきたのである。それが知らず知らずのうちにひとつの〝念〟を彼の体内に作りあげたのではないかと、竜蔵は理屈ではなく生死の狭間《はざま》に身を置く剣客の直感で覚えたのである。

——うちの新吾と同じような気持ちで軽口をたたいちゃあいけねえってことだ。

口には出さないが、この時見せた桑野益五郎の渋面は、裕一郎くらいの年頃が一番己が剣の実力を試してみたくなり、真剣勝負に魅入られるものであることを老練の士の経験によって案じていたのではなかったか――。

長沼正兵衛の内弟子として、何とか剣の道で暮らしていけることになった裕一郎を見て安堵《あんど》したか、母・富江は去年に身罷《みまか》った。

最早《もはや》、いつ剣に死するとも後顧の憂《うれ》えとてない裕一郎なのであるから。

それ以来、竜蔵は裕一郎に、亡父・虎蔵の話をしなくなった。

虎蔵の話をすることで、裕一郎が果し合いに倒れた父・裕之助を思い出し、彼の剣に邪念が入ってはいけないと思ったのである。

とは言うものの、中川裕之助と真剣勝負をした旅の剣客は開高政七郎《かいこうせいしちろう》というそうだが、果し合いの後すぐに旅へ出て、その後の消息はまったくわかっていない。

二十年たった今、生きているかどうかもわからないし、誰に尋ねても開高政七郎なる剣客など聞いたことがないというから、この先、中川裕一郎が親の敵《かたき》とばかりに真剣勝負に挑むこともまずあるまい……。

「ところで、桑野さんはどうしているんだい。旅に出ているとか聞いたが」

そんなわけで、近頃稽古の前後に竜蔵が裕一郎と交す言葉は、長沼道場の稽古法と剣友・桑野益五郎の噂話《うわさばなし》が殆《ほとん》どなのである。

「桑野先生は、上州《じょうしゅう》沼田《ぬまた》に出稽古に赴《おもむ》かれておられます」

裕一郎は嬉《うれ》しそうな顔をして言った。

沼田は土岐《とき》家三万五千石の所領である。

長沼活然斎は土岐家の剣術指南《しなん》役として禄《ろく》を食《は》み、今は息子の二代目・正兵衛が継いでいる。さらに、藤川弥司郎右衛門も土岐家の家臣であった。

それ故に、直心影流とは関《かか》わりの深い大名家なのであるが、長沼道場において、腕がありながらも、まるで目立たなかった桑野益五郎が、長沼正兵衛の代理で稽古をつけに行くとは真《まこと》に目出たいことなのである。

「そうかい、そいつはよかった。あの人の剣術指南の確かさがやっと世の中に広まってきたってことだ。桑野さん、張り切って出かけたんだろうな」

竜蔵は手放しで喜んだ。四十八歳の剣友にはとにかく幸せになってもらいたい。

桑野は病弱の妻女と、その世話に明け暮れて婚期を逸してしまっている娘を持つ身なのである。

「それがどうも妙なのです」

嬉しそうな表情が一変——裕一郎は心配そうな目で竜蔵を見た。

「妙って何がだい」

竜蔵は気になる。

「喜び勇んで旅発《たびた》たれることと思うておりましたが、お見送りした時、どうも桑野先生の顔色がすぐれぬように思いまして。それが気になっているのです」

前日、長沼道場で稽古をつけてもらった時も、裕一郎の胴が桑野に見事に一本決った。

いつもなら、

「よし！　好い胴だ。今の打ちを忘れるなよ」

と、手放しに喜んで声をかけてくれるのだが、その時はむっつりと押し黙り、大きく頷《うなず》いたかと思うと、

「これまでとしよう……」

さっさと稽古を終らせてしまったという。

「それから後は、わたしが何を話しかけても、どうも上《うわ》の空といった様子で……」

「若い奴に一本決められたくらいで、いじけてしまうような御人じゃなし……。何か屈託を抱えているのかもしれぬな……」

「はい……。もうすぐ江戸に戻っておいでのようですから、峡先生、少し様子を見て

さしあげて下さいませぬか」

小首を傾《かし》げる竜蔵に、裕一郎はいかにも心配そうな目を向けた。

――うん、いい奴だ。

この男の兄貴分面《づら》をするためには、己が剣の技量をさらに上げていかねば、いずれ追い抜かれてしまう。負けてはいられない……。

竜蔵はそんなことを考えつつ、裕一郎の申し出を快諾したのである。

二

数日後――。

峡竜蔵は、芝口二葉《ふたば》町《ちょう》にある桑野益五郎の浪宅を訪ねた。

あれから、中川裕一郎は多忙を極める長沼正兵衛の付人を務めねばならず、三田の峡道場に稽古に来る間がなく、神森新吾を残念がらせていたが、それでも合間を縫って、桑野益五郎が上州沼田から帰って来たことを告げに来た。

いかにも裕一郎らしい律儀さと、桑野への想いが伝わってきて、竜蔵はすぐさま、桑野の好物の田楽《でんがく》豆腐と、妻女の初枝《はつえ》には精をつけてもらおうと、軍鶏《しゃも》を持参したのだ。軍鶏はあらかじめ捌《さば》かせてある。

「これは念の入《い》った……」

桑野はもちろんのこと、初枝と娘の千春《ちはる》は竜蔵の気遣いに大喜びしてくれた。

「いや、裕さんから沼田へ出稽古に行ったと聞き、土産《みやげ》話を聞きに来たのですが、桑野さん、暮らし向きも好くなったようで、何よりのことです」

桑野の住まいに来るのは久し振りであったが、障子戸や畳などが所々新しくなっていたし、調度も豊かになったようだ。

家屋は蠟燭《ろうそく》屋の離れの物置小屋に手を入れたものであるのだが、少し見ぬ間にちょっとした仕舞屋《しもたや》の趣《おもむき》が出ている。

病がちな初枝の薬代を稼ごうと、桑野は道場での代稽古の傍《かたわ》ら、せっせと内職にいそしんできたのであるが、傘張り、凧《たこ》張りに始まり、蠟燭の芯《しん》作りに意外な才を発揮した。

そのうちに蠟燭屋の主人と懇意になり、二年前にこの小屋を住まいとすることを得た。

店の方としても身近に腕のいい職人と、腕の立つ用心棒を得たわけで、今では家族のような付き合いをしているのである。

そういう安心感も、初枝の体を元気にしたのか、妻女の病も随分とよくなったようだ。

そうすると、母の看病に疲れていた娘・千春の容貌《ようぼう》にも張りや艶《つや》が出てきた。

「すべては竜蔵殿のお蔭《かげ》じゃよ……」

桑野は初枝と千春に酒の支度をさせて、田楽豆腐に舌鼓《したつづみ》を打ちながらつくづくと言った。

昨年、旗本三千石・北村主膳《きたむらしゅぜん》の屋敷で開かれた剣術の仕合《しあい》で、桑野益五郎は見事勝ち抜いた。

勝ち抜いた者が、北村家の嫡子・和之進《かずのしん》の剣術指南役になるというものであったのだが、この時、最後まで勝ち残ったのが桑野と、祖父の勧めで仕合に出場した峡竜蔵であった。

和之進はどうしようもない極道息子で、その剣術指南役になることなどまるで望んでいなかった竜蔵は、勝ちを桑野に譲った。

もちろん、正々堂々と戦った上での結果であると竜蔵は言い張ったが、桑野は竜蔵が自分の苦しい生活ぶりを想って勝ちを譲ってくれたことだと内心思っている。

結局は、桑野の厳しい指南に音《ね》をあげた和之進が、あろうことか桑野益五郎を闇討《やみう》ちにしようと企む不祥事を起こし、和之進は廃嫡の上、下野《しもつけ》の知行地《ちぎょうち》に幽閉——。桑野の指南役の口も消えることになる。

それでも世間では、あの仕合での桑野益五郎の活躍が評判となり、それ以降、諸家、道場からの出稽古の招きが飛躍的に増えたのであった。

桑野が竜蔵に感謝するのは当然のことであった。

「わたしのお蔭……？　とんでもない。長年こつこつと修行を重ねられた桑野さんの力がやっと認められたということですよ」

あくまでも、自分はあの仕合では完敗を喫したのだと竜蔵は言い張る。

「う～む、そうなのかのう……」

「そうですよ、未《いま》だに疑っているのですか、困った人だ……」

「う～む……」

歳の離れた剣友二人は、この一年、会う度にこんなやりとりを繰り返しているのだ。

やがて、初枝と千春が料理した軍鶏鍋《なべ》が運ばれてきた。醬油《しょうゆ》と酒で味付けされた、薄めの出し汁の中で軍鶏の身が、大根、葱《ねぎ》と一緒に踊っている。

竜蔵は、初枝にしっかりと食べてもらわねば困りますよと軍鶏を勧めつつ、それからよく食べ、よく飲み、剣術談議に花を咲かせた。

様子を見るに、相変わらずの浪人暮らしには違いないが、中川裕一郎が言っていた屈託のようなものは見当らない。

妻女は以前とは見違えるほどに肌の色艶もよくなっていたし、娘も美しくなった。

桑野家にやっと訪れた春を、親子三人が穏やかに楽しんでいるように見うけられる。

しかし、熊《くま》のような愛敬のある顔に笑みを浮かべて、ゆったりとした口調で話していた桑野の表情も話が中川裕一郎のことになると厳しくしっかりとしたものになった。

竜蔵が見事に面を一本決められた話をすると、立ち上がって、それはどのような決りようであったか尋ねてみたり、身振り手振りで裕一郎の剣技を確かめた。

そして、

「いよいよじゃな……」

と、溜息《ためいき》交りに呟《つぶや》いた。

「何がですか？」

尋ねる竜蔵に、

「あ奴もいよいよ一人前の剣客になったということじゃよ」

「桑野さんにとって一人前の剣客になるというのはどういうことです」

「このおれと互格に立ち合えるようになるということじゃな」

「桑野さんと互格に……。これは厳しい条件ですな」

「この前、おれも、裕一郎に胴を見事に決められてな。これはたまさかではのうて、あ奴の真の力なのかと考えさせられたものじゃ」

なる程、それで桑野は裕一郎に言葉をかけずに押し黙ったのか。

――だが、それなら屈託ではなく、裕一郎の力を推し量るための沈黙ではないか。

竜蔵はひとまず安堵した。

「そうか、竜蔵殿にも一本決めよったか……」

桑野は感慨深げに呟くと、茶碗《ちゃわん》に注《つ》いだ酒を飲み干した。

その様子は、子の成長に気付いた時の親の想いを見るようであった。

竜蔵が十七の時。

父・虎蔵に稽古をつけてもらって、初めて父の籠手《こて》に自分の竹刀《しない》が触れた。

それは触れたというよりも、かすったというに等しい一太刀であったが、その夜虎蔵は行きつけの居酒屋で、ニヤニヤとしながら一人で酒を飲んでいたそうな。

「あの、頼りなさそうな小僧が剣客か……」

桑野はふっと笑った。

思えば桑野が感慨に浸《ひた》るのも無理はない。

中川裕一郎が長沼道場に内弟子として入ったのは、まだ十二歳の時であった。

亡母・富江が内職を通じて桑野益五郎と知り合い、私には息子がいて、恥ずかしながら剣術を習いたいと言っていると話したところ、桑野は親身になって話を聞いた上に、裕一郎と会い、この子には素質がある、某《それがし》に任せておきなさいと言って長沼道場の内弟子となれるように、長沼正兵衛に頼み込んでくれたのだ。

いかにも人の好い、桑野益五郎らしい話ではあるが、男子のいない桑野にとっては、裕一郎の成長は我が子のように嬉しいのであろう。

そんなことを思うと、竜蔵の胸の内は何やら熱くなってきた。

竜蔵もまた、十歳の折に藤川弥司郎右衛門の内弟子として入門した。

赤石郡司兵衛《あかいしぐんじべえ》、森原太兵衛《もりはらたへえ》といった藤川道場の高弟達は、今の桑野と同じような想いで自分のことを見ていてくれたのではなかったか――。

それなのに自分はひとりでに強くなったかのように生意気な態度をとり、三田二丁目の道場に独立してからは、かつての兄弟子達を見向きもしなかった。

赤石道場へは今でこそ稽古をつけてもらいに、時折通うようになったが、弥司郎右衛門亡き後の藤川道場へは長く顔を見せず、感謝の念を伝え切れぬまま、森原太兵衛などは病歿《びょうぼつ》してしまった。

それを思うと、桑野の微妙な心の動きを気にかけて、屈託を抱えていなければよい

がと、竜蔵に様子を見てくれるよう頼んだ中川裕一郎は本当に、

——いい奴じゃねえか。

と、改めて竜蔵は思うのである。

今度会ったら、桑野益五郎は心に屈託を抱えているのではなくて、中川裕一郎の成長に思わず胸がいっぱいになったのだと伝えてやろう。

そんなことを考えながら、近頃好転し始めた桑野家の様子に大いに安心して、竜蔵は長居は無用と二刻（約四時間）足らずで浪宅を辞した。

そして、この時の竜蔵には、まさか桑野益五郎と中川裕一郎がやがて真剣勝負による果し合いをすることになろうとは夢だに思わなかったのである。

三

その日。

桑野益五郎は、芝愛宕下の長沼道場で稽古を終えると、長沼正兵衛に面談を求めた。

当代の正兵衛は名を忠郷《ただ さと》。活然斎と隠居の後に名乗った父・正兵衛綱郷《つなさと》に優る剛剣士と称された名だたる剣客である。

歳は桑野よりも十歳上で、老境に入ったその佇《たたず》まいは、峻厳《しゅんげん》と温和が絶妙の味を醸

し、剣聖の風を漂わせている。

桑野益五郎の不運は、思えば長沼道場入門の折から始まったのかもしれない。

長沼活然斎に入門したものの、二年も経《た》たぬ内に活然斎は病歿し、この正兵衛忠郷の門人に編入されたわけだが、その頃には既に長沼道場に門人は溢《あふ》れ返っていて、ただでさえ純朴で、人を押しのけてまで前へ出ることを潔《いさぎよ》しとせぬ桑野の存在は忘れられがちであった。

それでも、派手な技は使わず、ただ地道に剣の修行を積む桑野益五郎を、やがて長沼正兵衛は認めて、出稽古に連れて行くようになった。

そのうちに実直な人柄を見込まれて、関東郡代・伊奈《いな》忠尊《ただたか》に剣術指南役として仕官が叶《かな》った。

しかしここでも、一年の後に主家が家督相続の内紛によって改易《かいえき》の憂き目を見ることになり再び浪人の身に……。

任地から江戸に戻って来た桑野を哀れんで、長沼正兵衛は彼を道場の師範代の一人に据えてやったのであるが、この時、桑野益五郎は四十の手前――道場には活《い》きのいい売り出し中の門人達が目白押しで、仕官した間の一年が却《かえ》って桑野益五郎をますます目立たなくしたといえる。

そして、五十を目前に、やっと世間からその剣技と指導力が認められ始めた今、

「今日をもちまして、師範代の御役を返上致しとう存じまする……」

と、申し出たのである。

「左様か……」

長沼正兵衛は穏やかに言った。

「いよいよその時が来たか……」

「はい」

「それ故、この道場を出るか」

「申し訳ございませぬ……」

「あの折、おぬしの申し出を聞いたことを悔やむ。もっと他によいやりようもあったと申すに。あの頃の身共《みども》は日々の忙しさに、いずれこのような日が来るであろうことを深く考えようともせなんだ」

「すべては某がしでかしたことにござりまする。何卒お許しのほどを……」

「ひとつ申しておく」

「はい……」

「おぬしのことは、亡き父上の弟子じゃ故に、構わなんだわけではないが、もう少し

傍《そば》近くに置いて教えてやりたかった。許せ。だが、この道場を離れたとて、おぬしはこの正兵衛の弟子であることに変わりはない。困ったことがあれば遠慮はいらぬ。申し出て参れ。よいな……」

「もったいのうござりまする……」

桑野益五郎は目に涙を溜《た》めて、それがこぼれ落ちぬうちに師の前から退出した。

そして道場へ出ると、そっと己が掛札を外した。

道場では目立たぬ桑野であったが、さすがにこの行為には、稽古後の道場に残って自主稽古をしていた門人達が色めき立った。

「桑野先生……、道場をお出になるのですか」

「新たに道場を開かれるのですか」

などとたちまち寄って来ては問う。

中でも、一人で型の稽古をしていた中川裕一郎の驚きようはとてつもなく大きかった。

無理もない。

長沼道場を出ることは長沼正兵衛の他には、誰にも告げていなかったのだ。

同じ頃にこの道場の門を潜《くぐ》った者は皆、剣術を修めた後、宮仕えをする者は責任ある立場となり役儀に専念していたし、剣で身を立てる者は何れかで道場主になるなりして独立していた。それ故、同年代の師範代がいるわけではない。

師範代達は、年長の桑野益五郎に一目置いていたが、その反面煙たがってもいた。

道場を出ると言えば、表面上は残念な顔をして、送別の宴《うたげ》なども開いてくれるであろうが、桑野自身それが嬉しいとも思わぬ。

「驚かせてすまなんだ。あれこれ心配をかけてもいかぬと思うてな。どうせまた改めて挨拶《あいさつ》に来よう。さて、稽古に戻ってくれ……」

桑野は門人達にそう言い放つと、呆然《ぼうぜん》として言葉にならぬ中川裕一郎に歩み寄り、

「少し話がある故付き合《お》うてはくれぬか。長沼先生には許しを得てある」

と、静かに言った。

「桑野先生、どうしてせめてわたしには教えてくれなかったのです」

やがて天徳寺《てんとくじ》の境内《けいだい》へ出て桑野と向かい合った裕一郎は、興奮の面持《おもも》ちで訴えるように語りかけた。

桑野益五郎を浪宅に訪ねたという峡竜蔵に、道場の雑用の合間を縫って会いに行ったのが昨日のこと。

その折に、

「桑野さんは屈託を抱えているのではない。子供のように思ってきた裕さんに、見事な胴を決められて、感慨に襲われたというところだな……」

自分も面を一本決められたと言うと、中川裕一郎もいよいよ一人前の剣客になったと、しみじみ物想いにふけっていた……。そう竜蔵から聞いてすっかり安心していたところに、自分の掛札を外す桑野を見たのである。

「感慨というのは、道場を出るということだったのですか」

息巻く裕一郎に、桑野は峡竜蔵を想いふっと笑った。

「なる程、竜蔵殿は旅の話を聞きに来たとおれには言っていたが……。ふッ、ふッ、桑野益五郎に何やら屈託があるのではないか……。その実、それを心配して来てくれたのじゃな」

「余計なことを峡先生に申し上げたかもしれませぬが、わたしにとっても心配なことでございましたので……」

「いや、竜蔵殿が申したことは間違っておらぬ。おれはおぬしの腕の程がいよいよ本物になったと思い、嬉しいような、辛いような、何とも複雑な胸の内となったのだ」

「嬉しいような、辛いような……?」

「左様……」

桑野は改まった様子となり、表情を引き締めた。

「いつかおぬしに、言わねばならぬと思うていたことがある」

「はて、それはいったい……」

「二十年前、おぬしの父・中川裕之助殿を斬ったのは、この桑野益五郎なのじゃ」

「なんと……」

裕一郎はぽかんとした目で桑野を見ていたが、

「はッ、はッ、まったく先生は、戯《ざ》れ言《ごと》の申されようもまた、無骨でござりますな」

笑って取り合わない。

亡父・裕之助を斬ったのは開高政七郎なる旅の剣客と、当時、母・富江は町の役人から聞かされていた。そんなはずはない。

「先生、真面目《まじめ》にお答え下さい。何故《なにゆえ》、道場をお出になるのです」

「おれが道場を出るのは、おぬしに真実を語った上は、最早同じ所で共に稽古はできぬと思うてのこと」

桑野は真剣な目差《まなざ》しで裕一郎を見て、懐《ふところ》から小柄《こづか》を出して裕一郎に手渡した。

「これは……」

裕一郎は驚いた。小柄には父の名が刻まれてあった。そういえば母が、父愛用の小柄が見当らないと言っていたのを思い出した。

「いつかおぬしに打ち明ける日のために、それを証《あかし》にと拝借していた。許せ……」

信じられぬという表情で、じっと見つめる裕一郎に、桑野はポツリポツリと、あの日のことを語り始めた――。


二十年前のこと。

道場での稽古を終えた桑野益五郎は、愛宕山権現《ごんげん》の総門前の掛茶屋で休息をしていたところ、中川裕一郎の父・裕之助と出会った。

無骨者同士、相《あい》通ずるところがあったのであろう。

「どうぞ、こちらへおかけ下され……」

と、年長の裕之助に床几《しょうぎ》を譲る桑野の挙作動作が気に入ったのか、

「おお、これは忝《かたじけ》ない……。剣術稽古の帰りでござるか」

裕之助はあれこれ桑野に語りかけた。

こうして二人の間で剣術談議が始まった。それが後にわかったことなのだが、その日の裕之助は、さる旗本家が番頭に成りうる人物を探していると聞き、伝《つて》を頼ってそ

の家の用人と面談した。しかし、九州小倉では知らぬ者のない以心流も江戸では馴染《なじみ》がなく、手応《てごた》えのないままに、すごすごと引き返してきたところであった。

話すうちに、桑野が直心影流の門人であることを知り不機嫌になってきた。

裕之助は、防具着用による剣術稽古に否定的な見方をしていたので、防具と竹刀を用いることで人気が沸騰してきた直心影流など、口には出さねど、いか程のものでもないと思っていた。

しかし、江戸の剣術界は防具着用による稽古が主流になってきていたし、直心影流はその中にあって一際《ひときわ》光彩を放っていた。

「仕官をするにも以心流より直心影流の方が垢抜《あかぬ》けている、今からでも遅くはない、改めて入門してみてはどうじゃな」

などと助言されることもしばしばである。

裕之助はそれが気に入らぬ。

江戸にも純朴な武士がいるではないかと、桑野を見て一瞬心が安らいだというのに、この男までもが直心影流の防具稽古に現《うつつ》を抜かしている……。

何ともおもしろくない気持ちが、知らず知らずのうちに批判に変わる。

「防具を着用していかに竹刀で相手を叩いたとて、真剣勝負にはまったく役に立たぬのではないか」

裕之助は、言わずともよいことをつい口にしてしまった。

こうなると桑野もまた無骨者である。そしてまだ若い血気盛んな頃のこと。

男一代、命を賭《か》けて打ち込んでいる剣をけなされては黙っておれぬ。

「ならば真剣勝負に強くなるには、いかにして稽古を積めばようござる」

本当に強くなるには真剣での立ち合いを積むしかないが、それではいくら命があっても足りぬではないかと問い返されて、裕之助は言葉に詰まった。

「型の稽古ばかりをいかに積んだとて、実戦において相手はじっとしていてはくれませぬぞ」

尚も問いかける桑野に、

「ふん、所詮《しょせん》防具で身を守って打ち合う稽古など子供の遊びではないか」

裕之助は悔し紛れにこう切り返した。

「子供の遊びだと……。これは聞き捨てならぬ……」

桑野益五郎の頭に血が昇った。

実のところ、当時桑野は、中川裕之助が指摘した〝真剣勝負〟における、防具、竹刀を使用した稽古の有効性について、考えることが多かった。

――果して今、自分は真剣をもってどれだけ立ち合えるか。

ということである。

防具を着用し、竹刀で打ち合っていたとて、絶えず真剣で斬り合っているという想定のもとに稽古に臨んでいるつもりであった。

決して子供の遊びではない。

「それほど申されるなら、試してみられるか」

思わず挑発的な言葉が口をついた。

「おお、望むところだ……」

売り言葉に買い言葉であった。

互いに引くに引けなくなり、二人はそのまま、溜池端《ためいけ》に処《ところ》を移し、

「果し合いをすることになったのじゃ……」

桑野益五郎の回想に、中川裕一郎は呆然自失となった。

「嘘《うそ》だ……。嘘なのでしょう……こんな小柄ひとつで騙《だま》されませんよ」

裕一郎は祈るような目を向けた。

「嘘ではない」

桑野はきっぱりと言った。

「では、町の役人が開高政七郎なる旅の剣客と果し合いをしたと母に告げたことが、嘘であったと言うのですか」

「そうだ……」

果し合いのこと故、何れが負けたとて遺恨を残さぬようにと誓い合い、桑野益五郎と中川裕之助は真剣勝負に挑んだ。

あれこれわかったように剣術談議を交した二人であったが、互いに人を斬ったことなどなかった。

桑野は、日頃の稽古の成果を試してみたい衝動にかられていたし、裕之助はというと、志を立て江戸へ出て来たものの、世間から相手にされぬ焦《あせ》りが募《つの》り、この直心影流の剣士を斬ることで武名を轟《とどろ》かしてやろうと無謀な賭けに出たのである。

「今となっては、あの時のおぬしの父親の気持ちがよくわかる……」

しかし、いざ刀を抜いて向かい合う恐怖は想像以上のものであった。

そして、無我夢中で刀を振り回し前へと出るうちに、気がつけば桑野の一刀が裕之助の胴を薙《な》いでいたのである。

「どちらが死んでいてもおかしくなかった。その時、勝負の運がたまたまおれに傾いただけのことであった……」

人を斬った虚《むな》しさは、その時一気に桑野の肩にのしかかった。

少し前に出会い、一旦は剣術談議に花を咲かせた相手が、今自分によって屍《しかばね》と化したのである。後悔の念に苛《さいな》まれた。

とはいえ、事後の始末をつけねばならぬ。

近くの番屋を通して町同心に事情を話した。

自分は直心影流・長沼道場の門人・桑野益五郎と申す者だが、互いの武門の意地をかけ、今日ここに果し合いを行い、中川裕之助なる浪人を斬った。逃げも隠れもせぬ故、指示を仰《あお》ぎたい――。

そのように伝えたのだが、この一件に当たった中年の町方同心は、桑野から成り行きを聞くと、まず死んだ中川裕之助の身許を手先の目明かしに確かめさせ、

「桑野さんと言いなさいましたね。貴方《きほう》はこの果し合いの、勝ち名乗りをあげたいと思っていますか」

と、尋ねた。いかにも人情味のある、真心のこもった声音《こわね》であった。

どういうことかと首を傾げる桑野に、真剣勝負で見事に相手を斬ったとなれば、桑野益五郎の武名は上がるかもしれない。

しかし、いくら納得ずくで勝負に挑んだとはいえ、負けた側には恥辱と恨みが残る。

「中川殿にはまだ幼いが、裕一郎という息子がいるそうです。なかなかしっかりした子供だといいますから、江戸に桑野益五郎という剣客がいて、それが父親を斬った男だとわかれば、いつか果し合いを申し込んでくるかもしれませんよ」

との懸念《けねん》を伝えた。

「その時は、また御相手する覚悟はできておりまする」

桑野は神妙な面持ちで答えたが、

「そうしてまた、親に続いて子を斬るのですかい。まったく下らぬ……」

同心は吐き捨てるように言った。

「中川裕一郎はこれからを生きる子供だ。それが幼いうちから、憎い親の敵を討つことばかりを考えて、剣の修行をするんですかい。考えただけで恐ろしい。かわいそうだとは思いませんかい」

言われてみれば確かにそうかもしれない。

果し合いと言えば聞こえがよいが、剣術談議から口論となり斬り合いとなっただけのことである。勝ったとて自慢できるものではなかろう。

意地を張って斬り死にした裕之助は本望であったかもしれないが、残された妻子にはやりきれない日々が待っていよう。

「某は、勝ちを誇る気持ちは毛頭ござらぬ。中川殿の死を御妻女と裕一郎殿に何と伝えればよいか、それを考えることが先決であると存じまする……」

桑野は同心に何か好い方策はあるかと、素直に問うた。

「中川裕之助は、旅の剣客と果し合いに及び、落命した。剣客はそのまま廻国《かいこく》修行の旅に出た……。それでよいではありませんか」

同心はそう答えて、開高政七郎という架空の剣客を作った。

行方の知れぬ剣客が相手なら、捜しようもないし、敵を討ってやろうという気も薄まるであろう。

それに、桑野益五郎とて〝討っては討たれ、討たれては討つ〟という憎しみの連鎖から逃れることができる。

「この先は、下らぬことで刀を抜くことのない、強くて優しい剣客にお成りなされい。武士が刀を抜く時は、喧嘩口論の場であってはなりません……」

同心はそうすることを強く勧めた。

この中年の役人は、虚偽の事務処理をしてでも、禍根が残ることを阻止しようとした。

それも、いかにも実直で素朴な、桑野益五郎の人となりを見極めてのことであったのだろう。

　若き桑野は、その同心の熱意に心を打たれた。そして、軽々しく真剣勝負を挑み、人一人の命を奪ってしまったことを恥じて、師・長沼正兵衛の許しさえ頂ければばと、これを承諾した。

「そうして、おれは長沼先生だけに真実を伝えたところ、先生は町同心の意見に従うようにと仰せられたのじゃ……」

「では、内職仕事で亡き母と知り合った時、桑野先生は……」

「中川裕之助殿の御妻女であることに気付いた」

「わたしが長沼先生の内弟子になれるよう御尽力下されたのは、罪滅しですか、それとも哀れみですか……」

　裕一郎は、余りの衝撃に動転しつつも、自分が背負ってきた運命を少しずつ理解しようとしていたが、その眼光は鋭さを増していた。

「義務だ……」

「義務……?」

「中川裕之助殿と果し合いをしてから七年が経って、その息子のおぬしが、父と同じ、剣によって身を立てようとしている……。ならば裕之助殿に替わって、裕一郎が剣で身が立つようにしてやるのがこの身の義務だと思うたのじゃ」

「何故放っておかなかったのです！　その町方の同心は禍根を残さぬように、開高政七郎なる旅の剣客を作ったのでしょう。それを、何故わたしを剣客に育てあげ、父を討ったことを明かし、同心の好意を無にするのです！」

裕一郎は恨めしげな目を桑野に向けた。

「このことを打ち明けたのは、おぬしの剣の腕が、おれに劣らぬようになった故……」

中川裕之助を斬った後、桑野益五郎は思い悩んだ。

裕一郎が亡父と同じ剣客の道を歩むというなら、裕之助に替わって応援をしてやろう。しかし、裕一郎が一人前の剣客となった暁《あかつき》には、桑野自身も一人の剣客として正々堂々、お前の父を討ったのは自分であると名乗り出るべきではないか――。

「そしてその折に、改めて真剣での勝負をおぬしが望むならば、これを快く受ける……。あの折の町同心が生きておれば馬鹿げていると言って怒るであろう。だが、剣によって身を立てることは、思えば馬鹿げたことなのだ。人を斬れば、その因果は巡る。そこから逃れ、おぬしを欺《あざむ》いたまま生きていくのは我が道に外れる。そう思い直したのじゃ」

「なる程、合点《がてん》がいきました。中川裕一郎と果し合いをするに、今までのわたしでは物足りなかったと申されるのですね」

「おぬしをただ、斬りたくはなかった……」

「では、わたしの腕が桑野先生にいつまでたっても近付けなかったとしたら、今日のことは打ち明けてはいなかったと……」

「あるいはな……」

「ではこの先、桑野先生との真剣勝負は、わたしの意志に委《ゆだ》ねられているというわけですね」

「それ故、おれは長沼道場を出た。長沼先生だけには真実をお伝えし、お許しを得た。思うようにするがよい」

頷いてみせる桑野益五郎の低い声は、いつもの穏やかで優しげな響きであった。

しかし、彼が放つ〝気〟からは常人にはない、厳しく張り詰めたものが漂い、いいしれぬ迫力をもって自分に向かっている。

剣客同士というもの、昨日は楽しく酒を酌み交していたかと思えば、今日は命を賭けた勝負をすることもある——。師・長沼正兵衛はそう語ったが、桑野益五郎も又、例外ではなかったのだ。

中川裕一郎は、この日それに初めて気付いた。

そして、己が体が知らず知らずに相手の〝気〟を探知して、自《おの》ずとこれに抗する姿勢をとっていることを……。

四

「こいつはいってえ、どういうことだ……！」

その文《ふみ》を一読した途端、峡竜蔵は破れる程に巻紙を握りしめた。

「桑野さんが裕一郎と真剣勝負をするだと……」

文は、桑野益五郎からのものであった。

この日の朝早く、桑野の住まいのある蠟燭屋の小僧が届けに来た。

桑野が裕一郎にすべてを打ち明けてから三日後のことであった。

この時、竜蔵はまだ、桑野が長沼道場を出たことも知らなかった。

それ故に、中川裕之助、裕一郎父子と、桑野益五郎との因縁《いんねん》が綴《つづ》られたその文は、大いに竜蔵を驚かせたものである。

開高政七郎という旅の剣客が、桑野益五郎、その人であったことにも驚いたが、何よりも信じられなかったのは、裕一郎が桑野に真剣勝負を望み、桑野がこれを受けたという事実である。

「こいつはいってえ、どういうことだ……」

竜蔵はまた唸《うな》り声をあげた。

文末には、真剣勝負はただ二人だけにて行う。時と場所は、三日後の明け六ツ（夜明け）、赤坂溜池、〝ドンド〟端とあった。

〝ドンド〟とは、葵《あおい》坂上の堰《せき》から溜池に、〝ドンド〟と流れ落ちる所のことで、ここで落ち合い、桐畑《きり》のしかるべき所に移ろうということである。

さらに、立会人になってもらいたいとのこと――。

これは、桑野益五郎、中川裕一郎、双方の望みであるらしい。

これが叶わぬ場合は、本日中に御返答願いたい。御返答無きことが、承諾の印と受け取らせて頂くと括《くく》られてあった。

ほんの少し前まで長沼道場で、共に稽古に汗を流していた二人が果し合いをするのである。

周囲にこのことが広まれば、好奇の目も相まって、大騒ぎになることであろう。

桑野と裕之助の果し合いは、旅の剣客との喧嘩に端を発した一件と、町奉行所の方で片がついていることでもあるし、真剣勝負に至る因縁は御内聞に願いたいとも書か

れてあったが、

「黙って引き受けられるわけがない……」

いきり立つ竜蔵は、いてもいられずに道場をとび出したが、折しもそこへ、竹中庄太夫がやって来て、若き師のただならぬ気配を察し、これを押し止《とど》めた。

こういうところ、直情径行で、前後の見境なく突っ走ってしまう竜蔵にとって、今や竹中庄太夫はなくてはならぬ存在になっている。

「先生、血相を変えてどうなすったんです」

「庄さん、大変なことが起きたんだ」

「それは見ればわかりますが、まずわたしに教えてくれたって好いではありませんか……」

「そうだったな。とにかくこの文を読んでくれ……」

竜蔵は母屋の自室に庄太夫を通して、件《くだん》の文を手渡した。

神森新吾は昨日から本家筋の法要の準備に駆り出されていて、少しの間、道場には来られぬとのことであった。

桑野と裕一郎が真剣勝負をすることなど、若い新吾には到底理解できないであろうし、当面伏せておきたいこと故にこれは好都合であった。

もう一人の門人、網結の半次も、このところ御用の筋が忙しいらしく、道場には顔を見せていなかった。

「庄さん、どう思う……！」

文を一読するや、たちまち険しい表情を浮かべる庄太夫に、竜蔵は誰を憚《はばか》ることなく大声で問うた。

「いや、たただただ驚きました」

「そうだろう」

「先生に立会人を望んでおられますが」

「できるわけがねえだろう」

「それで今は桑野先生の許へ断りに行こうと？」

「ああ、だいたいこんなことを文にして寄こすなど、桑野さんも他人行儀じゃねえか。この前家を訪ねた時には、おくびにも出さなかったんだぜ」

「それは、妻子の前では言いにくかったのでしょう」

「帰りにおれを送りながらでも話せたはずだ」

「桑野先生は、口下手な人のようです。文に認《したた》めた方が、先生にはしっかりと伝わる……。そう思われたのでしょう」

「それはそうかもしれねえが、どっちにしろおれは立会人など御免だぜ」

「どうしてです」

「どうしてもこうしてもねえだろう。おれは桑野先生の友達だぞ。それが、目の前で斬り合う姿をじっと見ていられるか。いざとなりゃあ、おれが裕一郎の相手をしてやるぜ」

「先生が出て行ってどうするんです。これは、桑野先生と、中川裕一郎殿との真剣勝負なのですから」

「そいつはわかっているが……」

「立会人は先生をおいて他におらぬと、申し込まれたもので、名誉なことではありませんか」

「何が名誉なものか。そもそも裕一郎の奴、桑野さんは納得ずくの真剣勝負でたまさか勝利を得ただけだというのに、これを親の敵と真剣勝負を申し込むなど心得違いも甚しいぜ」

話すうちに、また竜蔵の感情は激してくる。

「いかにも先生の仰《おっ》しゃる通りです」

庄太夫はこういう時、まず竜蔵の言葉を受け止めるだけ受け止める。

「そうだろう庄さん……」

そうして少し竜蔵の気が落ち着いたところで、

「ですが先生は前にこうも仰しゃいました」

と、絶妙の間で意見を挿《はさ》む。

「今にして思えば、親父殿が河豚の毒に当たって死んでよかったのだと……」

「そんなことを言ったかな……」

竜蔵はたちまち苦い表情を浮かべた。

「はい、仰しゃいました。もしも、何者かと真剣勝負でもして命を落としていたとしたら、地の果てまでも、父を討ち果した相手を追いかけて、新たに真剣勝負を申し込んで、お袋殿を哀しませていただろうと……」

「う〜む……」

中川裕一郎から、彼の亡父・裕之助の真剣勝負の顚末《てんまつ》を聞かされた時、裕一郎の前では口に出さねど、庄太夫と新吾には、自分ならそうすると、竜蔵は己が父・虎蔵に置き換えて語ったものだ。

父を倒した相手を倒すことで、剣客として父を超えることになろう。また、父の境地に深く触れることができよう。

そこに死への恐怖はない。

いや、未到の境地へ近付く好奇が、死の存在を忘れさせるはずである。

そしてその真剣勝負は、決して父を殺されたという憎しみや恨みによるものではなく、親から受け継がれた剣の血がなす宿命であり、常人では計り知ることのできぬ、生と死の狭間に生きる剣客の誇りを全《まっと》うするための高潔な仕合なのだ。

竜蔵は確かに剣術師範として、己が覚悟をそのように述べていた。

桑野益五郎は、自分が殺《あや》めた男の子供を不憫《ふびん》に思い、そっと力を貸して、裕一郎を立派な一人前の剣客に育てたのだ。

この恩人に対して刃《やいば》を向ける裕一郎を、竜蔵は桑野との友情から、心得違いも甚しいと怒りはしたが、今こうして庄太夫に諭《さと》されると、この真剣勝負に対して、竜蔵が口を挟むことは何もなかった。

そもそも、かつて人情家の町方同心がよかれと思って作りあげた開高政七郎なる旅の剣客が、その実自分であったことを告げたのは桑野自身である。

桑野が真剣勝負を望んだようなものではないか。

――だが、やはり気に入らねえ。

裕一郎が一人前の剣客になったからといって、馬鹿正直に今さらお前の父を討ったのは自分であると、名乗り出る桑野の態度も馬鹿げている。

また、いくら桑野が親の敵と知ったとて、世話になった兄弟子に真剣勝負を望む裕一郎も許せない。

もし、亡父・虎蔵が実は果し合いに倒れていたとしたら、その相手と必ず真剣勝負に臨むであろう竜蔵であるが、もしも相手が桑野益五郎であったとしたら、剣客同士の果し合いのことだと、すぐに矛《ほこ》を納めるであろう。

長い不遇を乗り越えて、やっとのことで暮らし向きも落ち着いてきた桑野益五郎――。

長沼正兵衛の内弟子として、めきめきと腕をあげ始めた中川裕一郎――。

何故この二人が斬り合わねばならぬのだ。

何を甘ったるいことを言っているのだ。それが剣客の生き様だと言うなら、おれはそんなわかったことを吐《ぬ》かす奴を片っ端から斬ってやる――。

竜蔵はそんな思いにつき動かされるのだ。

さらに――どうも竜蔵は解《げ》せないのだ。

果し合いに勝利した桑野が、いかに町方同心に勧められたからと言って、己が名を伏せるであろうか。世間に勝ち名乗りなどあげずとも、遺族には正々堂々と会って事情を話し、裕一郎成長の砌《みぎり》にはいつでも真剣勝負をお受け致そうと言うのが桑野の身上ではないのか……。

「庄さん……。桑野さんは何か隠しているんじゃねえのかな……。おれはどうも合点がいかねえんだ」

竜蔵はどうもしっくりこない、気に入らぬ想いを庄太夫にぶつけた。

「そうお思いならまず先生、立会をお引き受けなさりませ。勝負の行方を見守るばかりが立会の役目ではござりますまい。時と場合によっては、勝負の取り止《や》めを宣するのも立会の役目ではござりませぬかな」

竜蔵の心の内を察する庄太夫は、ニヤリと笑って、居間の窓から道場を眺めた。

ちょうどその時、目明かし・網結の半次が稽古にやって来て、無人の道場を見てきょろきょろと辺りを見廻《みまわ》していたのだ。

「まだ三日ござりましょう。桑野先生は隠し事がとにかく下手な御方でござります故に……」

「そうだな。三日あれば網結の半次なら……」

竜蔵もまた窓から道場の方を見て、ふっと笑った。

まったく御用聞きとはよくいったものだ。

網結の半次はいつも用を頼みたい時に現れてくれる――。

五

山王《さんのう》の台地の西麓《せいろく》にひょうたん形の長い池がある。元々は周囲の清水《せいすい》、湧水《ゆうすい》によって出来た天然の池であったのだが、かつて和歌山城主であった浅野幸長が、徳川家康の江戸開府にあたって、この池に江戸城の外濠《そとぼり》の役目を果させようと拡張普請《ぶしん》を行ない、後に〝溜池〟と呼ばれるようになったという。

八月十五夜の月は、溜池の水面《みなも》に美しい月影を浮かべ、夜明けの到来と共に儚《はかな》く消えた。

そして今、池端に月影を惜しむ峡竜蔵の姿があった。

まだ明け六ツには早い。

ここで彼は桑野益五郎と中川裕一郎の到着を待っている。

遂に両名が真剣勝負を交える日は来た。

この三日の間――。竜蔵は苦悩の日々を過ごした。

両者の間を奔走《ほんそう》し、真剣勝負による果し合いを思い止まるよう説得をしようとも思ったが、二人が竜蔵に望んだのは仲裁ではなく、立会である。

真剣での勝負を望むならいつでも受けようほどに申し出よと桑野に言われ、裕一郎は三日の間熟考した後、長沼正兵衛に願い出て、果し合いに臨むことを決めたという。

桑野もわざわざ文に経緯を認めて立会人を要請して来たのである。

今までの誼《よしみ》で、何も言わずに引き受けてもらいたいという意志の表れとも取れた。

心に誓った両剣士の果し合いへの思いを、今さら自分が何を言おうとも、翻意《ほんい》することはないと思われたし、ここは黙って果し合いの場へ赴こうと決めた竜蔵であった。

とはいえ、この間、ただ手をこまねいて見ているばかりではなかった。

果して峡竜蔵は、この真剣勝負の立会人を何として務めるのであろうか。

やがて、まず約定の場へ訪れたのは桑野益五郎であった。

地味目の茶の着物に綿袴《めんばかま》は、いつもと変わらぬ装いであったが、近頃は小ざっぱりとしていて、不精髭《ぶしょうひげ》もなく、月代《さかやき》もきれいに剃《そ》られている。

妻の初枝にも、娘の千春にも何も語らず今朝は家を出た。妻子も行先は聞かぬ。

それが桑野家の決りであった。

今朝家を出れば、夕には帰らぬ人となっているやもしれぬのが剣客である。そのことは妻も娘も元よりわきまえている。

昨年、旗本三千石・北村家の息《そく》・和之進が桑野を襲撃して、あっさりと撃退されるという愚行をしでかした。その折、北村家から内済にしてくれた謝礼にと、二十両の金子《きんす》が届けられた。そしてその金子は、未だ初枝の許に手付かずのままある。それが桑野にとっては何よりの安心である。

健康を取り戻しつつある今、この日桑野が帰らぬ人となったとて、妻も娘と共に何とか暮らしていけるであろう。

思えばあの二十両も、和之進の悪巧みを察知し、助勢してくれた峡竜蔵あってのもの——。

桑野益五郎は、溜池端で竜蔵に会うや、今までの厚情と誼に感謝して、

「面倒なことをお願いして、申し訳ござらなんだ……」

と、ただ一言発して深々と頭を下げた。

竜蔵にはこの日のことについて話したいこともあった。

しかし、仲が良ければそれだけ話す言葉に、未練がましいことや、己の甘えが顕《あらわ》れるであろう。

親子ほども歳の離れた剣友に、年長の自分が無様な態度を見せることがあってはならない。

その堅い想いが、裕一郎との因縁を文によって語らせた。

人情家である竜蔵の心を乱すことにもなろうが、親の代からの剣客である竜蔵ならば、自分の我儘《わがまま》も、裕一郎が真剣勝負を申し込んだ気持ちもわかってくれるだろうと、何も語らなかったのである。

頭を下げられて竜蔵は、

「ひとつだけ桑野さんの今の心境を聞いておきたい……」

と、目に力を込めて言った。

「中川裕一郎に討たれてやるおつもりではござるまいな」

桑野は、口許に笑みを浮かべて頭《かぶり》を振った。

「いや、立ち合いに参った。命を賭けて……」

「そのお言葉、確《しか》と承《うけたまわ》った……」

竜蔵はもう一度、じっと目に力を込めて桑野を見つめた。

まやかしの立合はお見通しですぞ——竜蔵の目はそう語りかけていた。

続いて、中川裕一郎が現れた。

年長の二人が自分より早く到着していることに慌てたか、葵坂の上から竜蔵と桑野の姿を見かけるや駆けて来て、

「これは御無礼を仕《つかまつ》りました……」

と、いつもながらの愛敬のある声をあげた。

思わず竜蔵と桑野の顔が綻《ほころ》んだ。

これから生死の間を行き来する真剣勝負に身を置こうというのに、相変わらず〝いい奴〟だと思わずにいられない。

裕一郎はというと、今朝は師の長沼正兵衛に、

「行って参りまする……」

と、一言挨拶をして後、長沼道場を出た。

正兵衛は終始無言で、ただ一度大きく頷いた。

今や剣聖の趣のある長沼正兵衛も、門人同士の真剣勝負に、かける言葉が見つからなかったようだ。

しかし、裕一郎の足取りに重苦しさはなかった。

父は果し合いに落命し、母も最早病歿した。

剣一筋に生きる身に後髪を引かれるものは何もない。

そして裕一郎には若さ故の〝恐い物知らず〟の強味があった。

とにかく、立ち合う二人が揃《そろ》った。

「まず参ろう……」

竜蔵は二人を促し、溜池端の桐畑の一隅へと処を変えた。

地盤をしっかりとさせるために桐の木が多く植えられた溜池端の土手。そこから水辺へ至る窪地《くぼち》が真剣勝負の場に相応《ふさわ》しかった。

そこで二人はそれぞれ刀の下げ緒で襷《たすき》を十字に綾《あや》なし、袴の股立《ももだ》ちをとった。

ここまで、必ずや果し合いを思い止まるように、二人を説得するであろうと思われた峡竜蔵が黙々と立会の役目をこなしているのが、桑野にも裕一郎にも意外であったが、これをありがたしと、両名はさっと仕度を済ませて対峙《たいじ》した。

明け六ツの鐘は依然聞こえぬ。

「刻限まではまだ間があるようにござるな」

ここで二人の間に立った峡竜蔵が口を開いた。

「立会を務めるにまず御両所に話しておきたいことがござる」

威儀を正す竜蔵には、さすがの気迫と力強さが漲《みなぎ》っていた。

桑野と裕一郎は神妙に頷いた。

「日頃、御両所とは交誼を結んで参ったこの竜蔵には、本日の果し合いは甚だ信じ難いものでござる。まさに迷惑千万！」

ここで竜蔵はがらりと口調を変えて、表情にいつもの少年のような茶目っ気を浮かべた。

真剣勝負の立会を頼まれたことで、自身も剣客の立場から両者の気持ちを慮《おもんぱか》ってきた竜蔵であったが、この場に来て二人を目の前にすると何やら馬鹿馬鹿しくなってきたのである。

「裕さん、お前どうして桑野さんに真剣勝負なんて申し込んだんだ。桑野さんはお前の恩人じゃねえか」

「竜蔵殿、これはみなおれが……」

勢いよく裕一郎を詰《なじ》りはじめた竜蔵を、桑野は宥《なだ》めようとしたが、

「こっちも胸に何か引っかかったまま人が殺し合うのを見たくはねえんですよ。裕さん、答えておくれな」

問われて裕一郎は畏《かしこ》まって、

「峡先生の仰しゃることはよくわかります。桑野先生がこのわたしに剣で生きる道筋をひいて下さったことも、わたしを一人前の剣客と認めて、すべてを打ち明けて下さったことも、わたしは言いようのない程、ありがたく思っております。それ故にここへ至るまでわたしは思い悩みました。しかし、父・裕之助がわたしにいつも言っていた言葉が、この耳から離れないのです……」

裕一郎は低い声で呻《うめ》くように言った。

父・裕之助は毎日のように、幼い裕一郎に木太刀を握らせては語りかけたという。

「裕一郎、父は剣で生きる者故、いつどこで不覚を取ることがあるやもしれぬ。だがそれもお前がいるお蔭で何も恐れることはなくなった。父がとった不覚はいつかお前が立派な剣客となって取り返してくれる。そうであろう、裕一郎……」

もちろん、まだ幼かった裕一郎にはその時の言葉の意味も内容もはっきりとはわからなかった。後年母が教えてくれたことである。

だが、〝父がとった不覚はいつかお前が立派な剣客となって取り返してくれる。そうであろう……〟という父の声は、何故《なぜ》かしっかりと耳に残っているのだ。

長沼道場に入門してからも、裕一郎の耳に突然の如《ごと》く亡き父の声が聞こえてきた。

その度に、早く腕を上げ、父を討ったという開高政七郎なる旅の剣客が生あるうちに見つけ出し、父の不覚を取り返してやりたい……。

密かに心の内でそう思うようになっていたのだ。

「わたしにとっては、強く、優しい父でした。なまじその面影が目の奥に浮かび、わたしを呼ぶ声が耳に残っているだけに、父のことが懐しく、父を討った男のことを憎みました……」

裕一郎は日頃彼の持ち味である、人懐っこい温和な顔を鬼の形相《ぎょうそう》に変えて、声を振り絞った。それは父を討たれてからの二十年に渡る歳月、彼の体内に溜《たま》った念が一気に噴き出した瞬間でもあった。

今まで決して見せることのなかった、中川裕一郎の裏の顔を見て、竜蔵は胸を痛めた。

血は縁よりも濃いのだ――。

「わかったよ。裕さん、桑野さんに恩義を覚えつつも、勝負に挑まねば、死んだ親父さんに申し訳が立たねえんだな。わかるよ……。よく話してくれたなあ。これでお前さんへのわだかまりは消えたよ……」

竜蔵はこぼれんばかりの笑顔を向けた。

その笑顔の温かさが、裕一郎の乾《かわ》き切った表情にたちまち潤いを与えた。

桑野益五郎は、ただ立ち尽すばかり――。

竜蔵はここを先途《せんど》と裕一郎にたたみかける。

「だがなあ、裕さん、桑野さんを憎んじゃいけねえ」

「はい……。互いに納得ずくの真剣勝負……。そのこともわかっておりまする……」

「いや、桑野さんとお前の親父さんは、確かに斬り合ったが、それは果し合いではなかったんだよ」

「何と……」

裕一郎は驚いて桑野を見た。

「竜蔵殿……」

桑野の顔に動揺がはしった。その表情には、

――竜蔵殿、おぬしはまたいらぬ世話を焼いたのか。

という言葉が浮かんでいる。

「どういうことです。では父・裕之助はいったいどうして命を……」

「まあ、言ってみれば、事故だ……」

「事故……」

「言わば、思いもかけぬ事が起こったということだ。そうだな、桑野さん」

「いや、おれは確かに裕之助殿とは刀を交えたのだ……」

「まったくあなたという人は、どこまで人が好いのですか、どこまで己を苛《いじ》めるのですか。わたしはいささか腹が立ってきましたよ……」

「竜蔵殿、おぬしはいったい何を知ったというのだ……」

「それはあの御方にお話し頂きますよ……」

竜蔵は今しも土手の上からこちらに向かって来る二人の男の方を見てニヤリと笑った。

二人の内の一人は、峡竜蔵の門人である目明かし・網結の半次。半次が案内している今一人の男は黒紋付の巻羽織の着流し、紺足袋《たび》に雪駄《せった》、髷《まげ》を小銀杏《こいちょう》に結った、ちょっと粋《いき》な姿――一目で廻り方の同心とわかる。

歳は竜蔵と同じくらいであろうか、下ぶくれの顔に少しとぼけた味わいがある。

「これは今岡《いまおか》の旦那《だんな》、朝から申し訳ございませんね」

「いや、人助けが仕事でござるよ……」

竜蔵のくだけた口調に合わせて、今岡と呼ばれた同心は、おどけたように答えた。

「今岡殿……」

あの顔、あの声、物腰……。桑野にはすぐに同心の素姓がわかった。

二十年前、中川裕之助の死に立ち会った廻り方同心・今岡又兵衛《またべえ》の息子に違いない。

「そうか……竜蔵殿、おぬしはそこまで調べたか……。う～む、いささかおぬしをみくびっていたようじゃ……」

桑野はがっくりとして俯《うつむ》いた。

竜蔵は小さく笑って、

「親分、御苦労だったね」

と、十歳以上年上の弟子、網結の半次の労をねぎらい、

「北町奉行所同心・今岡又三郎《またさぶろう》さんだ……」

この同心を桑野と裕一郎に引き合わせたのである。

襷がけに袴の股立ちをとった勇ましい姿のまま、桑野益五郎と中川裕一郎は、最早真剣勝負どころではなく、ただあんぐりと口を開けて、今岡又三郎をつくづくと見つめていた。

六

「貴殿が桑野益五郎殿でござるか。親父殿から話は聞いておりましたよ」

「某のことは忘れてしまうと、あの日申されていたというのに……」

「もしかして、このようなことになるのではないかと親父殿は心密かに案じておりましてね。念のためにお前に伝えておくと、亡くなる少し前に、一部始終をわたしに……。いや、苦労性な親父であったが、なかなか読みが鋭かった。中川裕一郎殿と申されたな。貴殿のお父上を斬ったのは確かにこの桑野殿だが、これには深い理由《わけ》がござってな……」

「もうその話は……」

「いえ、お聞かせ下さりませ」

渋る桑野を制して、裕一郎は今岡又三郎に頭を下げた。

元より又三郎は、竜蔵に請《こ》われて二十年前の真実を語りに来たのである。

「親父殿から聞いたところでは……」

弁舌鮮やかに話し始めた。


あの日――。愛宕山下の掛茶屋で桑野益五郎と中川裕之助が出会い、剣術談議が高じて口論になったのは事実であった。

しかし、それが真剣勝負による果し合いにまで発展したわけではなかった。

中川裕之助は桑野益五郎よりやや年長である。桑野がむきになったとて、ここは受け流しておこうとその場は一旦、掛茶屋を出た。

そこで商人の夫婦連れの姿を見かけたのが不運の始まりであったのだ。

商人は芝口一丁目で太物《ふともの》問屋を営む茂蔵《しげぞう》という男であった。

茂蔵は以前、九州小倉へ小倉織の買い付けに出て、これを大坂を経由して江戸に仕入れる道筋をつけたことで商売を繁盛させていた。

その小倉滞在の折に、土地の破落戸《ごろつき》に難癖をつけられて絡まれているところを裕之助に助けてもらったことがあった。

茂蔵はこの時、裕之助にいたく感謝をして、滞在の間中は、毎夜の如く裕之助と酒を酌み交わし、

「いつか江戸へ出て困ったことがありましたら必ずわたしをお訪ね下さいまし……」

と、強い口調で言ったものだ。

その後、裕之助が江戸へ出た時には、茂蔵は、赤羽根《あかばね》の小店《こだな》から芝口一丁目に移っていたので連絡がつかぬままになっていた。

裕之助は茂蔵の後を追いかけた。

懐しさもさることながら、茂蔵なら頼みを聞いてくれると思ったのだ。

この日、裕之助は大身《たいしん》の旗本家への仕官の口を求めて、その家の用人と面談する機会を得た。しかし、彼が極めた以心流も用人には馴染が無く、話は進展しなかった。

とはいえ、中川裕之助を見るに腕は立ちそうであるが故、用人は何とかしてやりたくなったようで、家老に取り次ぐに十両の金子を用意できぬかと尋ねてきた。

そのような金子が江戸へ出て浪人暮らしをする身にできるわけがなかった。

やりきれぬ思いが裕之助の不機嫌を誘い、掛茶屋での桑野益五郎との口論を生んだ。

そんな時に茂蔵の姿を見かけたのだ。裕之助はこの再会が吉と出るのではないかと思い、声をかけずにはいられなかった。

ところが……。

「ああ……。これはお久し振りでございます……」

声をかけたところ、茂蔵の反応は裕之助が思っていたものとは違って、どこか余所《よそ》余所《よそ》しいものであった。

それでも、たとえ迷惑がられようとも、裕之助は養わねばならぬ妻子もいる。恥を忍んででも十両の金子を借りようと思い決め気が昂《たかぶ》ったのであろう。

「小倉での恩を着せるわけではないが、折入って頼みたいことがある!」

思わず大きな声が出た。

そこは愛宕社の大鳥居の前であった。茂蔵は外聞を憚り、近くの本地堂の裏手へと裕之助を連れていった。

そこで裕之助は、今までの経緯を話し、十両の借金を切り出したのだが……。

「先生、生憎《あいにく》わたしも商いの方がさほどうまくいっておりませんでねえ……。十両もの金を右から左には動かせないのですよ……」

口振りは丁寧だが、二度と声などかけてくれるなという想いが伝わってくるもの言いだ。

裕之助は恥ずかしさに居《い》た堪《たま》らなくなり、

「左様か、下らぬことを申した。忘れてくれ」

そう言うと、そそくさとその場を去った。

旅の商人の追従《ついしょう》混りの言葉を真に受けて、武士たる者が何ということか――。

後悔ばかりが湧《わ》いて出る。

総門の前へ来たところで、手拭《てぬぐ》いを落としてきたことに気付いて、すごすごと戻った。

愛宕社を参ろうと、桑野益五郎が総門を潜ったのはこの時であった。

ふと見ると、先程口論となった武士の姿があった。気まずさもあり、一言詫《わ》びておこうかと後を追う。

それに気付かぬ裕之助は、本地堂の裏手で手拭いを拾うと、向こうの木蔭に茂蔵がいて、連れていた女房と話している声が聞こえてきた。女房は先程の亭主の不実を詰っているようだ。

「十両くらいのお金、貸してあげればよかったんだよ。いざって時は頼りになるんだから」

「ふん、一両もくれてやりゃあ、用心棒の成り手はいくらでもいるというのに、あんな田舎出《いなかで》の剣術遣いに十両も出すことはないよ」

「でも貸してくれと言うのだから……」

「お前も甘いねえ。そんなもの戻ってくるわけがないじゃないか。こういうことは初めが肝心だ。味をしめたら、この先何度も、貸してくれ貸してくれと蠅《はえ》みたいにたかってくるに違いない。ふん、恩を着せる気はないが……。だと、あんな浪人に何の借りもあるもんか。これからは戸締まりに気をつけるんだよ。そのうちに押し込んでくるかもしれないよ……」

言いたい放題の悪口雑言《あっこうぞうごん》に、とうとう裕之助の我慢も限界にきた。

「おのれ……、盗《ぬす》っ人《と》呼ばわりをするか！」

見境もなく裕之助は抜刀して、茂蔵に迫った——。

「おやめなされ……！」

裕之助に追いついたものの怒りに震える彼の様子に声をかけられずにいた桑野益五郎は慌ててその場へ駆けた。

「邪魔立て致すか！」

正気を失った裕之助は振り返りざまに、桑野に一撃を浴びせた。威嚇のつもりであったのだろうが、その刃筋は余りにも鋭かった。

桑野は危うく、自《みずか》らも抜刀してこれを受け止めた。

桑野でなかったら真っ二つにされていたであろう。しかし、桑野が抜刀したことで、裕之助は無意識のうちに二の太刀を放ち、桑野の身にしみついた剣技もまた自ずとこれに反応していた。こうなると後から追ってきた桑野に勢いがあった……。

「それで、桑野先生は、無我夢中のうちに、中川裕之助殿を斬っていた……」

同心・今岡又三郎は、ここまでを一気に語り、桑野を見つめた。

桑野は思い出を噛《か》みしめるように頷いた。

「その場に腰を抜かして動けない茂蔵夫婦に代わってこのことを報《しら》せようと、桑野先生は裏手から境内へ出た。そこへ通りかかったのがうちの親父殿であったというわけです」

今岡又三郎の父・又兵衛は、桑野益五郎から報せを受けるや、その場に駆け付け、茂蔵夫婦から事情を聞いた。

茂蔵の女房はなかなかの利かぬ気で、お前が不実なことを言うから、もう少しで殺されるところであったと、亭主に怒り、すべての様子を正直に語った。その話を聞くと中川裕之助の気持ちもわかるし、止めに入った桑野が斬らねば斬られていたやもしれぬ状態にあったことも確かである。

幸いここは人気《ひとけ》の無い境内の一隅で、誰が見ていたわけでもない。

又兵衛は寺社方に話をつけると、裕之助の亡骸《なきがら》を引き取り、これは旅の剣客との果し合いの末敗れたのだと処理をした。

「親父のお節介の意味はわかりますね……」

又三郎は裕一郎に穏やかに問うた。

「金の無心をして、断られた腹いせに刀を抜いて暴れ、通りかかりの武士に斬られた……。これでは余りにも中川裕之助が哀れ、さらに残された妻子にも累が及ぶやもしれぬ……。そうお気遣い下されたのですね……」

「そうです、桑野先生に恨みが残ることもない」

裕一郎の顔には感動が浮かんでいた。

峡竜蔵が桑野益五郎の話に疑問を覚え、網結の半次に調べさせたのはこのことであった。

中川裕之助という浪人が二十年前果し合いに倒れた。その一件を担当したという同心は誰であったか――。だが、一度処理された案件を蒸し返すことにもなるので、それを知るのはた易《やす》くはない。

半次は自分に手札を授けてくれている北町奉行所同心・北原秋之助《きたはらあきのすけ》に頼みこんだ。日頃の半次の活躍に免じ、北原が内密に調べてくれたところによると、今岡又兵衛の名があがった。

ところが又兵衛は既に死んでいて、もしや聞かされているかもしれぬ息子・又三郎は目下奉行所の内で報告書の書きようがなっていないと上役の与力から叱責《しっせき》を受け、泊りがけで書き直しをしているとのこと。

こういうところもこの今岡又三郎――なかなかにとぼけているが、やっとのことで竜蔵が会えたのが昨日のこと。

人一人の命がかかっているのだと頭を下げた竜蔵の熱意にうたれて今岡又三郎はここへやって来たのであった。

「桑野先生、開高政七郎なる旅の剣客をでっちあげたということは、内緒にしてもらわなければ困るではありませぬか」

又三郎は桑野を見て顔をしかめた。

「先生は果し合いをして裕之助殿を斬ったのではない、止《や》むに止まれず刀を抜いたのです」

「それでも……。某が裕之助殿を斬ったことは確かなことなのだ……。このことは、はっきりさせねばならぬのだ……」

桑野は苦悶《くもん》の表情を浮かべた。

「この桑野益五郎の心がけが拙《つた》なかった……。あの日おれは、下らぬ剣術談議でむきになり、中川裕之助殿と口論になった。刃傷沙汰《にんじょうざた》にならぬよう裕之助殿は先に茶屋を出られたが、その時の心のわだかまりが、茂蔵への怒りにつながったのだ。さらにあの時、裕之助殿が振り向きざまに打ち込んだ一刀は峰に返されていた。つまり、おれを斬ろうとしたのではなかった。おれはそれをわかっていながら、峰に返す間を持てずに裕之助殿を斬ってしまった……。すべては、このおれの技の拙さが招いたことなのだ。おれは、中川裕一郎の父親を殺した。今岡又兵衛殿は黙っていろと申されたが、おれは堪えられなかった。いつかそのことを打ち明け、裕一郎が望むなら、真剣勝負の相手を務めねばならぬとずっと思っていたのだ……」

苦労をかけ通しの妻と娘のためにも、何とか身を立てねばならぬと、日々奮闘してきた桑野益五郎に、このような苦悩が二十年もの間のしかかっていたとは誰が知ろうや。

中川裕之助を斬った桑野に罪は無い。これを思い悩む愚直、不器用を人は笑うであろう。しかし、剣をもって生きる者が刀を抜く時は、とにかく心してかからねばならぬ。何よりの不覚は己が後《おく》れを取ることではない。己が不心得によって人を殺めることである。

そう父に教えられて生きてきた桑野益五郎であったのだ。

彼の正直な心は称賛されるべきではなかろうか――。

「桑野さんの心がけは立派だ。だが、あれは事故だった。仕方がなかったんだよ」

峡竜蔵は桑野の傍へ寄って頷いた。

「事故ではすまされぬと桑野さんは思っているんだろうが、裕さんのお袋殿に気付かれぬように、そうっと内職の仕事を回したり、ずっと見守っていたんだろう」

「では、わたしが十二の時に内職仕事を通じて、母が裕之助の妻と知ったというのは……」

裕一郎がはっとして桑野に尋ねた。

「嘘ですよ。桑野先生は、裕一郎殿の父上を斬った後、ずうっと蔭から世話を焼いていた。怪しまれてはいけない。あの母子には近付くなと、わたしの親父の又兵衛は何度も忠告をしたそうですが……」

黙りこくる桑野に代わって又三郎が答えた。

この話は、桑野に内職の世話をしていた傘屋の女房が昨日、又三郎に語ったこと――。

「そうだったのですか……」

裕一郎は絶句した。父の死後、自分のこれまでの日々を桑野はずっと見守ってくれていたのだ……。

「裕さん、これでもまだ桑野さんと真剣勝負をしたいか」

竜蔵が問うた。

「わたしは……」

裕一郎は声を震わせた。

「父がとった不覚はいつかお前が立派な剣客となって取り返してくれる……。親父殿の声が聞こえるかい？　もし聞こえたら、こう答えてやんな。貴方が剣客の道をまっとうできなかった不覚を、わたしは人の情を尊ぶ立派な剣客になることで晴らせてみせます、とな」

裕一郎はしっかりと頷いて、襷を外した。

「この真剣勝負は立会を務める、峡竜蔵が預かった。これに異存があらば、まず某が御相手仕ろう！」

竜蔵が凛《りん》とした声で宣告した。

「峡先生……。貴方《あなた》が相手することもありませんよ……。まったく、わたしからすれば貴方達剣客は、おめでたい人ばかりですよ。ああ眠い。では、わたしはこれで……。言っておきますが、この話は二度と持ち出さないで下さいよ。でも……いい立合でしたよ……。親父のお節介もこれで役に立ったというものだ……」

その緊張をたちまち和ませて、今岡又三郎は欠伸《あくび》を噛み殺しながら去っていった。

彼もまた、父・又兵衛の人情を引きずりながら生きていくのであろうか。

ここにも、親の因果に翻弄《ほんろう》されつつも、それを大事に懐かしむ、一人の男がいる――。

竜蔵は何とも嬉しくなって、又三郎に深々と頭を下げると、体の奥底から笑いがこみあげてきた。

「おもしれえ旦那ですねえ……」

網結の半次も愉快な声をあげた。

「まったくだぜ……」

竜蔵は豪快に笑った。

真剣勝負の緊張から解き放たれた桑野益五郎と中川裕一郎は、太い息をついて決り悪さを頰笑《ほほえ》みでごまかした。

立会に選んだ男だけは間違っていなかった——。

その満足と安心が、何と言葉を交してよいやらわからぬ二人の心を繫《つな》いでいる。

秋の爽やかな陽光が、二人の目に光る涙の雫《しずく》をきらりと輝かせた時——。

今さらながら明け六ツの鐘が〝ゴーンッ〟と鳴った。

第二話　恋わずらい

一

秋ともなれば芝神明《しばしんめい》は生姜市《しょうがいち》で賑《にぎ》わう。

縁起物の〝千木箱《ちぎばこ》〟も売られていて、生姜と一緒に買い求める人がそこかしこに見かけられる。

千木箱とは、檜《ひのき》の薄板を曲げて作った割籠《わりご》に藤の花を描き、その中に飴《あめ》を盛ったものである。

千木と千着をかけて、簞笥《たんす》の中へ入れておくと着物が増えるなどと言われたそうな。

その日も朝から芝神明の参道は活況を呈していた。

行き交う人々の中で、一際目を引く二人の娘がいた。

拝殿の方からやって来る娘は、ほっそりとした体に撫《な》で肩が果無《はかな》く、涼やかな目鼻立ちが何とも愛くるしい――。

鳥居の方からやって来る娘は、ややしもぶくれのふっくらとした顔立ちで、大きな目は黒目勝ちで穏やかな中に利発さを醸している――。

二人共に艶《あで》やかな振袖《ふりそで》姿。手代一人と女中二人に付き添われ、ゆったりと道行く様子はいかにも大店《おおだな》の箱入り娘の風である。

町の若い男達が噂《うわさ》をせぬはずはない。

「おい、拝殿の方からやって来る、あの娘は誰だい」

「何でえお前知らねえのかい。湊《みなと》町の薬種屋《やくしゅや》・川津屋《かわづや》の娘で、お美代《みよ》ちゃんていうんだよ」

「そ、そんなら、鳥居の方から来る、あ、あ、あの娘は……」

「落ち着けよ馬鹿野郎……。ありゃあ、金杉《かなすぎ》通の紙問屋・伊勢屋《いせや》の娘で、お由紀《ゆき》ちゃんだ」

「お美代ちゃんに、お由紀ちゃんか……」

「何《いず》れ菖蒲《あやめ》か杜若《かきつばた》、て言葉はあの二人のためにあるってもんだ」

「ヘッ、ヘッ、だが、こいつはおもしれえや」

「何がおもしろいんだよ」

「川津屋と伊勢屋は何かってえと張り合っているのさ」

訳知り顔の一人が言うには、川津屋お美代の母・お喜代《きよ》と、伊勢屋お由紀の母・お八重《やえ》は共に家付き娘で、犬猿の仲なのだそうだ。

それは店の者達にもいつしか浸透していき、金杉橋を挟んで、いずれもうちの店こそがこの界隈《かいわい》一の大店であるのだと、対抗意識をむき出しにしているらしい。

川津屋のお美代、伊勢屋のお由紀は共に十六歳の一人娘。

外出の折には、町中の者が振り返るいずれ劣らぬ器量好《よ》し。

どちらの娘が美しいかという話題があがるので、尚更《なおさら》加熱しているのだ。

この両家の娘二人が、このまま歩けば芝神明の境内で行き合うことになる。

会釈をかわすのか、ツンとすまして通り過ぎるのか――いずれにせよ、そのすれ違いに菖蒲が杜若と並び咲くのである。

若い男のみならず、噂好きの町の者達は興味津々というわけだ。

だが、そのすれ違いを眺めて楽しむ者もいれば、その瞬間をまんまと金にしようとしている不埒《ふらち》な輩《やから》もいる。

「おう、いいか、すれ違いざまを狙《ねら》うんだ。そうすりゃあ川津屋と伊勢屋の両取りだ……」

お美代とお由紀の姿を認めて、舌なめずりをしている破落戸《ごろつき》の一群がいた。

その中にあって指図をしている兄貴格の男はずぶ八《はち》といって、近頃この辺りで強請《ゆすり》集《たか》りを繰り返している小悪党である。

痩《や》せぎすに見えるが、なかなか動きが素早く、体も引き締まっていて喧嘩《けんか》自慢のようだ。

お美代とお由紀が後、もう少しで遭遇しようという時——ずぶ八は水で濡《ぬ》らした手《て》拭《ぬぐ》いを目にあて、ふらふらと歩き出した。

ここ芝神明には眼病に効くという霊泉がある。ずぶ八は眼病《めや》みの体《てい》となり、まずお由紀にぶつかり、そのままふらついて、今度はお美代の足下に倒れこんだのだ。

「痛《いて》え……！　何をしやがるんだ……」

ずぶ八は、いつも通りの大袈裟《おおげさ》な痛がりぶりを見せた。

「おう、兄ィ！　どうしたんだい！」

そこへ仲間がぞろぞろと寄ってくる。

「どうもこうもねえや……。誰だか知らねえが、眼病みのおれにぶつかりやがって、倒れたおれを今度は誰かが、踏んづけやがった……。ああ、情けねえや……、痛えよう……」

ずぶ八はぶつかって倒された上に、下駄で手の甲を踏まれたと訴える。

「おう！　お嬢さん方、こいつはあんまりひでえじゃねえか……」

いかにも人相の悪い破落戸に囲まれて、大事に育てられてきた、お美代とお由紀は恐怖に声も出ずに立ち竦《すく》むばかりである。

「ちょっとお待ち下さい。ぶつかったと仰《おっ》しゃいますが、この方がいきなりお嬢さんの前に……」

伊勢屋の手代が気丈にも、お由紀を守って前へ出た。

「何だと！　そんならお前は、兄ィがわざとぶつかったっていうのかい」

「兄ィは眼を病んでいるんだぜ」

「ちょっとくれえふらふらしたからってどうだってんだ！」

しかし、ずぶ八の乾分《こぶん》が次々と凄《すご》んでみせては後の言葉が出ない。

「おう兄弟、まともに目が見えねえっていうのは情けねえなあ。こんな無慈悲な仕打ちは初めてだぜ……」

さらにずぶ八は喚《わめ》きたてる。

ここで伊勢屋の手代の沈黙を嘲笑《あざわら》ったのは、川津屋の手代であった。

「まずお待ち下さいませ。うちのお嬢様も決してお手を踏みつけたりするつもりはなかったのでございます。とは申しましても手前どもがついていながらお眼を病まれているとも存じませず、これは失礼致しました。ここは些少《さしょう》ではございますがお薬代など御用意させて頂きますので、どうか御料簡《ごりようけん》頂けませんでしょうか……」

と、いかにも商人の如才なさ。金で済まそうと話をつけにかかった。

「兄ィ、聞いたかい。こちらさんは話がわかるぜ。お見かけしたところ、川津屋さんで……」

破落戸は態度を一変させる。

「はい……。川津屋の者でございます……」

川津屋の手代は勝ち誇ったように伊勢屋の手代を見る。

「ありがてえなあ、おい、眼病みのおれを気遣って川津屋さんは薬代を恵んで下さるのか」

ここぞとずぶ八は伊勢屋の手代を刺激する。

「ちょっとお待ち下さいませ。手前どもとて、この界隈では人様に知られた伊勢屋の者。お嬢様が無慈悲なことをされたと言いたてられるのは不本意だと申したかっただけのことにございます。このままに済ますつもりは元よりございません。もちろん、お薬代を御用意させて頂きましょう」

伊勢屋の手代も、川津屋に負けじと、主《あるじ》から預かった紙入れを出しつつ、先方はいくら出すのかの探り合い——。

「さすがは川津屋さんと伊勢屋さんだ。今の話を聞いて、体の痛みも柔らいだぜ……」

ずぶ八は大仰《おおぎょう》に感じ入って、病んでいるはずの目で乾分達にニヤリと笑った。

まんまとしてやられた憤《いきどお》りも忘れ、互いの店の意地をかけて張り合う供の手代に何も言えずに、お美代とお由紀は哀《かな》しそうな表情を連れの女中の蔭《かげ》で浮かべている。

通りすがりの男達は情けなくも、両家のこの難儀を助けようともせずに、憂いに沈む二輪の花の美しさをそっと愛《め》でるばかりであったが、

「あの野郎はずぶ八……。調子にのりやがって……」

と、騒ぎを聞きつけやって来た若い衆が腕をまくった。

若い衆は、ここ芝界隈を仕切る香具師《やし》の元締・浜《はま》の清兵衛《せいべえ》の身内で、〝濱清《はませい》〟という見世物小屋の仕切場に詰めている安《やす》である。

安はこのところ、縄張り内で勝手な振舞が目立つずぶ八を前々から快く思っていなかったのだ。

「安さん、お前さん一人じゃ、ちょいと荷が重いよ」

今にも駆け出そうとする安を、止めたのは顔馴染《かおなじみ》の常磐津《ときわず》の師匠・お才《さい》であった。

菊模様の袷《あわせ》に黒襟をつけた装いが何とも垢抜《あかぬ》けている。三田同朋町《みたどうぼう》に稽古場《けいこば》を持つお才にとって、芝神明での祭礼の折は方々で弾き手に呼ばれ、なかなか忙しいのである。

「だからって師匠、これが黙って見ていられるかってんだ」

「あの兄さんに任しときゃいいよ」

お才の視線の先には、このところまたさらに体中の筋肉が引き締まり、精悍《せいかん》さが増した神森新吾の姿があった。峡竜蔵の若き門人である新吾は竜蔵に鍛えられ、随分と腕をあげていた。

三田二丁目の峡道場に稽古へ出かける前に、生姜市に立ち寄ったところで、ずぶ八の強請の様子を見たようだ。

竜蔵は、日頃世話になっている浜の清兵衛への義理立てとして、新吾に麻布《あざぶ》の家から道場へ来るまでの間に、生姜市を一周りして、

「下らねえことをしている奴がいたら、ぶちのめしてやれ」

と、申しつけていた。

真《まこと》に乱暴な剣術師範ではあるが、それで人助けができるなら、好いではないかと竜蔵は思っている。

それに、喧嘩というものは、剣の実戦においてかなり役に立つものなのだ。

新吾自身も、自分の腕がいか程のものになったか試してみたくもなっている。

「ありゃあ峡の旦那《だんな》の所の……」

「新吾さんだよ。安さん、お手並拝見といこうじゃないか」

お才に言われて、安はとにかく見守ることにした。

この間、川津屋と伊勢屋の手代の談合がまとまり、それぞれ一両ずつを包むことにして、〝薬代〟を払おうとした時――。

「もし、御両家のお人、そんな奴らに薬代など払うことはない」

新吾は手代の方へと寄って、よく通る声で呼びかけた。

川津屋、伊勢屋両家の者達は、救いの神の出現にはっとして新吾を見たが、律々《りり》しき若武者とはいえただ一人で何とするのであろう。この上騒ぎが大きくなっても困りものだと、手代二人は戸惑いを浮かべた。

ずぶ八は病んでいるはずの目でしっかりと新吾を見て、これを侮《あなど》り、

「おう兄弟、誰だか知らねえが、おれ達に喧嘩を売ってきた馬鹿がいるようだぜ」

と、乾分達に顎《あご》をしゃくった。

たちまち破落戸達は新吾を取り囲まんと、顔に凄みを利かせながら迫ってきた。

「おう、三一《さんぴん》！　手前《てめえ》、何か文句があるってえのかい」

「こちとら取り込み中なんだ。早く帰んな……」

お決りの台詞《せりふ》を放ちながら寄ってくるのは四人——新吾はうきうきとしてきた。軍神のような峡竜蔵と日頃は稽古で向かい合っている身には、こんな連中はよく吠《ほ》える小犬よりも恐くはない。

「何、笑ってやがんだ。手前、侍だと思っていい気になるんじゃ……」

先頭の一人がその言葉を言い終わらぬうちに、新吾はそ奴の顔面に鉄拳《てっけん》を喰《く》わせた。

「やかましい！」

と、さらにもう一人——たちまち師匠譲りの喧嘩殺法で二人を倒し、

「や、野郎！」

とかかる一人に足払いをかけ、嫌という程太股《ふともも》辺りを踏みつけて、残る一人を、

「喧嘩を売ってもらいてえなら、売ってやるぜ！」

飛《と》び蹴《げ》りに仕留めた。

「ひッ、ひッ、……」

言葉にもならぬ声を発し、逃げ出すずぶ八は、

「お前は目を病んでいたんじゃあなかったのかい！」

と、襟首を摑《つか》んで豪快に二、三発喰わせてやった。

通りがかりの者達から、新吾の荒々しくも爽《さわ》やかな戦いぶりに賛辞の声があがった。

新吾は己が腕の上達を確かめられたと満足の笑みを浮かべて、

「さあ、早くお行きなさい……」

と、川津屋、伊勢屋両家の娘に声をかけて道場へと向かった。

「あの、申しお侍さま……」

手代は声をかけようとしたが、川津屋お美代、伊勢屋お由紀は二人共に思わずその場に座りこんでしまった。生まれて初めて目の前で見た凄まじい争闘にすっかり興奮し、少しばかり歳上《としうえ》の律々しき若侍ににこやかに声をかけられた安堵《あんど》とときめきに、すっかり放心したようだ。

「お嬢さま……！」

両家の奉公人が、それぞれ箱入り娘に傅《かしず》くうちに、新吾は人混みを抜けて行った。

「さすがは峡の旦那の一番弟子だ！」

見ていた安が唸《うな》るのを、

「二番弟子だよ。一番弟子は竹中庄太夫……」

と、お才は窘《たしな》めて、

「ちょいと新吾さん、お待ちなさいな。そこもとは、いつからそれ程までに強うなられたのじゃ……」

侍言葉でおどけつつ、安と二人、小走りで後を追いかけた。

二

そのようなことがあってから、すっかりと喧嘩で自信をつけた神森新吾は、不思議なもので、剣の技にもさらに磨きがかかってきた。

ずぶ八達を叩《たた》きのめした二日後のこと――。

「よし！　新吾、体の動きがよくなった」

峡竜蔵は、朝から新吾の相手をしてやりながら、何度もニヤリとしていた。

横では竹中庄太夫と網結《あみすき》の半次が相対《あいたい》し、じっくりと型の稽古を反復している。

正式な門人は相変わらずここにいる三人であるが、近頃は、竜蔵の剣友である桑野益五郎が、弟弟子の中川裕一郎を連れてきたり、竜蔵が出稽古に赴いている佐原《さはら》家の縁者などが臨時の稽古に臨んでくるようになり、少しは峡道場も活気づいてきた。

だが今日は、気心の知れ合ったいつもの四人だけでよかったようだ。

昼前となって、お才がとんでもない話を持ってきたのである。

「ちょいと稽古中御免よ！　大変なんだよ！」

息を切らせて出入りの階《きざはし》に座り込むお才に、竜蔵は稽古を中断して歩み寄った。

この道場にまだ一人も門人はなく、食いあぐねている竜蔵に、喧嘩の仲裁やら何やらと、ちょっとした儲《もう》け話を持ちこんでくれたお才は、峡道場創立時の恩人といえる。

竜蔵以下門人達は、お才が何時《いつ》やって来ようが粗末にはしない。

「どうしたんだい。何があった？」

尋ねる竜蔵に続いて、庄太夫、新吾、半次も慌てて傍へ寄って来る。

「それがさ、ふッ、ふッ、本当に大変なんだよ……。ふッ、ふッ……」

「何を笑ってやがんだよ。まったくどこが大変なんだよ」

笑いながら大変がるお才を見て、竜蔵達は拍子が抜けた。

だが、お才の話を聞くや、道場の男達は、

「はッ、はッ、そいつは大変だ……」

と、同じように笑いだした。

「笑い事ではありませんよ！」

ただ一人、顔をしかめる新吾を除いては……。

お才が持ち込んできた話とはこうだ。

今朝早く、お才の家を湊町の薬種屋川津屋の内儀《ないぎ》・お喜代と、金杉通三丁目の紙問屋伊勢屋の内儀・お八重が、ほぼ時を同じくして訪ねて来た。

お才は以前、常磐津の代稽古を頼まれて、川津屋、伊勢屋両家に出向いたことがあり、二人の内儀とは顔馴染であったのだ。

お喜代もお八重も、娘の頃は常磐津を習っていたのだが、婿養子をとって後は、稽古を一旦やめていた。しかし近頃は子供も手を離れ、お喜代が久し振りに習い始めたと知るや、お八重も三味線を新調して常磐津の稽古を再開したのである。

二人の張り合いはこんなところでも続いていて、常磐津の師匠も同じでなくては気が済まず、この師匠が旅に出ている間の代稽古ももちろん同じでなくては気が済まず、日程のことなどで、この時もお才は随分と苦労をさせられたものだ。

「お才さん、あなた一昨日《おととい》の朝、生姜市に行っておられましたよねえ」

突然の両内儀の訪問に驚くお才に、いきなりお喜代が質問を浴びせた。

「は、はい……」

呆気《あっけ》にとられるお才に、今度はお八重が、

「やっぱりお才さんでしたのね。うちの手代が、確かにあれは常磐津のお師匠さんだったというものですから。ああよかったわ……」

と、いかにも親し気に喋《しゃべ》りかける。

――ああ、あの時の話か……。

一昨日というと、神森新吾がずぶ八とかいう破落戸を見事に叩き伏せた日であった。

あの折は、川津屋、伊勢屋――仲の悪い両家が揃《そろ》い踏みをしているところへ挨拶《あいさつ》をしに行くのも憚《はばか》られ、見違える程に強くなった新吾をからかってやろうとその場を立ち去ったお才であったが――どうやら手代に見られていたようだ。

「は、はい……。あの折は何やらお取り込み中のようでしたし、あたしも知り人に出会ったりしたものですから……」

しどろもどろになって、その時の不義理の弁明をするお才に、

「その、知り人のことを教えてもらいたいのですよ」

「それは律々しくてお強いお侍様だと言うじゃありませんか」

「どこのどなたなのです、そのお方は……」

「随分と親し気にされていたと聞きましたが」

お喜代とお八重は代る代る、次から次へとたたみかけてくる。

要は、礼もろくに言えぬまま、名前さえもお尋ねできぬままになっているので、是非、お会いして御礼をしたいということである。

——何だ、そういうことなのか。

いやいや人助けといっても、あの神森新吾は、師の真似《まね》をして喧嘩がしたかっただけなんですから、あたしの方からよろしく伝えておきますよ……、という言葉が喉《のど》まで出かかったが、川津屋、伊勢屋は大店だ。ちょっとくらい値打ちを持たせて、こっちもおこぼれに与《あずか》ってもいいではないか。

そう思い直して、神森新吾は徳川将軍家御直参《ごじきさん》の御子息で、自分とは昔馴染の剣客・峡竜蔵の門人の中でも特に秀《ひい》でた若侍なのだと、門人が三人しかいないことなどは伏せて、ちょっとばかり吹いてやったのである。

話を聞いて、お喜代とお八重は、そういうお方ならますますこのままにはできない。是非家にお越し願えるようお頼みしてもらいたいと興奮気味に言った。

「とにかくまず川津屋の方へ……」

「いえ、まず伊勢屋の方へお願いします」

お喜代とお八重は譲らない。

二人とも齢《よわい》は四十の手前、それぞれお美代とお由紀の母親だけのことがあって美しい。

十六、七の娘の頃は、喧嘩を見ただけで放心してしまうようなか弱い娘であったのに、所帯を成し、子を産み、家業に励むうちに、遠慮がちの消え入るような声も低く太くなり、養子の夫などは一睨《ひとにら》みで黙らせてしまう迫力を備えてくる。

　町場でぐれた小娘の頃を経て、それなりに世間を渡ってきたお才も、二人の御内儀にはたじたじとなった。

「お喜代さん、貴女《あなた》は娘の頃からそういう我儘《わがまま》なところは変わっていませんねえ。神森様は立派なお武家様なのですよ。貴女がお美代さんを連れて御礼にお伺いするべきだわ」

「あら、お八重さんのそういう賢《さか》しらなところも昔のままだわ。そういう貴女も、伊勢屋へお越し願いたいと言っているじゃないの。うちはお越し願わねばならない理由がありますのよ」

「わたしだってのっぴきならない理由があるんですよ」

「のっぴきならない？　うちのお美代は寝込んでいるんですよ」

「あらそれはお気の毒だこと、お美代さんは貴女と同じで細っそりしすぎて、体が弱そうですものね」

「貴女のような呑気《のんき》になれば、もう少しふっくらとするかもしれないわね。言ってきますが、うちの娘は恋煩《こいわずら》いというものにかかってしまいましてね。一刻も早く神森様にお越し願えないと明日をも知れぬ命なのです」

「恋煩い？　それは先にうちのお由紀がかかっています」

「何ですって……？」


そういうわけで、あの日颯爽《さっそう》と破落戸達をけ散らして、名も告げずに立ち去った若き剣士に、二人の箱入り娘が同時に恋煩いにかかってしまったというわけなのだ。

「本当に大変なのよ……」

引き受けるも何もあったものではない。

面倒見がいいという評判も災いして、とにかくお才は張り合う二人の内儀の迫力に、神森新吾を連れて行くと約束するしかなかったのである。

「おれも何度か町の娘を助けてやったことはあったが、一遍に二人の娘が恋煩いをしてくれたようなことはなかったねえ……」

「ようッ！　色男」

竜蔵の言葉に、半次が相《あい》の手をいれる。

「梶原源太か、早野勘平というところですな……」

庄太夫も楽しそうである。

「他人事《ひとごと》だと思ってよくそんなことが言えますねえ。師匠、そんな話は断ってもらいたい……」

一人ならまだしも、二人共恋煩いに臥《ふ》せっているなど、今は剣術稽古が楽しくて仕方のない新吾には、甚だ面倒な話であった。

「まあまあ、そう堅いことは言わずに……」

お才はこの辺りでは指折の大店である両家には睨まれたくはない。

「何とか相談にのってやって下さいよ」

と、必死である。

「だがなあお才、お前がおかしな色気を見せるから、川津屋も伊勢屋も引くに引けなくなったんじゃねえのかい。とどのつまり礼を言いてえと言いながら、娘が恋煩いにかかっちまったから何とかしろって話だろう。おれはどうも気に入らねえな」

しかし竜蔵は、嫌がる新吾の気持ちももっともだと、愛弟子《まなでし》の肩を持つ。

これににっこりと新吾は頷《うなず》いた。

「会って御礼を言わないと、思いつめて死んでしまうかもしれないそうなんだよ。人助けと思ってさあ」

「恋煩いで娘が死んだなんて話は聞いたことがねえや」

「娘心ってのは難しいもんなのさ」

「金持ちの暇潰《ひまつぶ》しみてえなもんだよ」

「峡先生を始め、道場の皆様に御迷惑をおかけしてもいけないと、気を使って頂いているんですけどねえ」

おオは大仰に溜息《ためいき》をつくと、懐紙に包まれた紙包みを二つ取り出して目の前に置いた。

川津屋、伊勢屋両家からのものに違いないが、一見して紙の厚みは十両ずつ、合わせて二十両を表していた。

竜蔵、庄太夫、半次はごくりと唾《つば》を飲んだ。こうなると話は別だ――。

「先生、まったく金持ちというものは、下らぬことで思い悩み、付き合ってはおられませぬが、娘御がもしも世をはかなんだりすれば、これもまた困ったことになりまするぞ」

ことさらにしかつめらしく庄太夫が言った。

「うむ、まあ、そうだな……」

真面目《まじめ》くさった顔で竜蔵は態度を豹変《ひょうへん》させた。

「人の命に関《かか》わりますからねえ……」

半次がこれに追随した。

「新吾、行ってやれ……」

「先生！　わたしを金で売ろうというのですか」

新吾は呆然《ぼうぜん》として竜蔵を見た。

「まあそう言うなよ。道場の床もいくつか張り替えねえといけねえしよう。ちょっと顔を出しゃいいじゃねえか」

「先生……」

「なあ、行ってやれ、いいから行ってやれ、行って下され神森殿……」

竜蔵、ついには片手で拝んだ。

「わかりましたよ……」

新吾は不承不承頷いた。

「えれえ、お前は偉えよ。なあ、お才」

「あい。では早速」

お才はしてやったりと竜蔵と頷いた。

「早速？　明日でいいでしょう」

「いけませんよ。娘さんは今か今かと待っているんですよ。待ち焦がれて死んでしまったら何とするんです」

「わかりましたよ……。どちらから行けばいいのです」

新吾はうんざりとした顔で立ち上がった。

「さあ、そこが御相談なんですよ。どちらが先でも角が立つ、とは言っても新吾さんの身はひとつ……。とにかく、道場から近い伊勢屋さんからということにしてもらいましたが……」

「川津屋は黙ってそれを聞いてはいない……」

庄太夫がどこか楽しそうに身を乗り出した。

「そうなんですよ。伊勢屋さんに行っている間に、うちの娘が死んでしまったら、きっとお美代は神森様の許《もと》へ化けて出るだろうと……」

「ちょっと、師匠よして下さいよ……」

新吾は再びその場にどっかと座った。

「そんならどうしろってんだよ。今この間にも娘は死にかけているんだろ」

「だから竜さん、そこが相談なんだよ。お美代さんもお由紀さんも、忙しい中自分のためだけに新吾さんが会いに来てくれたと思えるようにかけもちはできないかって……」

「かけもちをしろ？」

堪《たま》らず新吾が叫んだ。

「川津屋と伊勢屋の気持ちはわかるが、時を同じくして娘二人を満足させることはできねえだろう」

いくら何でも無理な相談だと、さすがに竜蔵も顔をしかめた。

「いや、致しようがござりますぞ……」

ここで庄太夫がニヤリと笑った。

この小父《おじ》さんがニヤリと笑うとろくなことがない——内心ふてくされる新吾にとって、秋晴れの空、涼やかな風だけが救いであった。

三

薬種屋川津屋は、金杉橋の北詰を東へ、新堀川が海へ流れこむ、少し手前に店がある。

船便に地の利があるのは、輸入品を扱う薬種屋には好都合で、薬と共に扱う砂糖の売り上げもよく、内儀のお喜代が生まれた頃から、急激に店構えを大きくしていた。

一人娘で、子供の頃から婿養子をとって店を継ぐことが運命付けられていたお喜代は、奉公人達からの信望も厚く、しっかりと夫の尻を叩きながら店の切り盛りをしていた。

夫の市蔵《いちぞう》は四十半ば。元は店の番頭で、勤勉が取り得の、今ひとつ風采《ふうさい》の上がらない男である。

この市蔵はお美代の実父ではない。

お喜代の初めの夫・弥兵衛《やへえ》が死んで後、市蔵は二番目の婿養子となったのである。

弥兵衛もまた、元は川津屋に奉公していた番頭で何かにつけてよくできた男であった。

弥兵衛亡き後は後家の身で店の主を務めようとしたお喜代であったが、女一人では何かと大変であろうと、川津屋の親類縁者が心配して、市蔵との再婚を勧めたのである。

弥兵衛の他には人の意見を聞かなかったお喜代にとっては、目立たぬ存在に甘んじていられる市蔵くらいが飾りの主人にはちょうどよかったのかもしれない。

しかし、その市蔵も今度のお美代の恋煩いについては気になるようで、

「そのお侍様に来て頂くのは好いけれど、お美代がお侍様とどうしても一緒になりたいなどと言い出したらどうするんです。相手は将軍家御直参の御嫡男なのだろう。ま

さか婿養子に来て頂くわけにもいくまい……」

　奥の一間で気を揉《も》むお喜代に心配を告げていた。

　伊勢屋とのことも耳に入っていて、このまいけばまたあれこれと張り合いになって、武家相手におかしなことになりはしないかと市蔵は思っているようだ。

「何を言っているのです。まったく貴方《あなた》は心配ばかりして、本当におもしろくない人ですね。お美代はおかしな出来の悪い二枚目に恋煩いをしたのではないのですよ。武芸に勝《すぐ》れた立派なお武家様……。考えようによってはこれ程いい婿はいないではありませんか」

　将軍家直参と言っても小身《しょうしん》の御家人ではないか。神森家の方に養子を取るなどしてもらい、新吾を買い取ってしまえばいいとお喜代は言うのだ。

「お侍様を買い取るなんてお前……」

「今は御家人の株が売り出されている御時世なのですよ。お侍が商人になったっておかしくはありませんよ。それに、お美代が一目会わないと死んでしまうと言っているんです。とにかく会わさないと一人娘の身に何かあったらどうするのです……」

「まあ、それはそうだが……」

　市蔵の意見はこうしていつも軽くはねのけられてしまうのである。

「神森様はまだお越しにならないのかしら、まさか、伊勢屋で引き止められているんじゃあないでしょうね……」

常磐津師匠お才からは、神森新吾の同意を得たので、今日の昼九ツ半（午後一時頃）をもって伊勢屋と川津屋をかけもちして頂くとの報《しら》せがあったのだ。

「ええもう、待ち遠しい。お美代はちゃんと息をしているかしら、お美代……」

しっかり者の御内儀も、娘のこととなると取り乱すようだ。一人で騒ぎながら二階にあるお美代の部屋へと向かうお喜代を、市蔵は何ともやりきれぬ表情で見送るばかりであった。

さて、その頃伊勢屋では、お才に案内されてやって来た神森新吾を、お八重とその主人が出迎えているところであった。

伊勢屋の主人は六右衛門《ろくえもん》といって、こちらも元は伊勢屋の番頭をしていた婿養子である。

顔は角ばっていて固太りで、お世辞にも男振りはよくないが、商才には長《た》けていて、前の老中・松平定信の学問奨励による書物需要の波に乗ってここ十年の間に伊勢屋の身代《しんだい》を随分と大きくした。

それだけの商人なので、お八重は川津屋のお喜代のように、亭主の尻を叩く必要も無く、ただ娘のお由紀のことだけにかかずらっていればよかった。

六右衛門は、お八重のお由紀への愛情のかけ方がいきすぎても、まったく何も言わずに、それが女房の長所であるかのように、

「そうかい、そうかい、それはよくしてやったね……」

などと笑っている。

こういう気楽さが、川津屋のお喜代をしてお八重を〝呑気〟と言わしめるのであるが、お八重がことあるごとに川津屋のお喜代と張り合うことには、それが女房の道楽だと笑いとばしながらも、その実心を痛めているらしい。

とはいえ、お由紀が神森新吾という若侍に恋焦れたとて、川津屋の市蔵のような心配をお八重に伝えることはなく、お八重のやりたいようにさせているのは真に頬笑《ほほえ》ましい。

かくして――。

神森新吾の二軒かけもちの見舞がこの伊勢屋から始まった。

「まあ、これは神森様でございますか……」

新吾を見かけるや、深々と頭を下げる六右衛門の横でお八重が感嘆の声をあげた。

仕事柄、武家との付き合いも多いが、学者、文人が殆《ほと》んどで、すらりとした体軀《たいく》に程よく筋肉が隆起した若き剣士を前にして、娘のお由紀が焦れるのも無理はないと、一目で気に入ってしまったのである。

「まああこの度は私共の娘が……」

何やら話が長くなりそうに思えて、

「神森新吾にござる。ひとつ言っておきますが、金品目当てに破落戸共を追い払ったと言われては片腹痛《いと》うござる。礼も厚意も一切無用に願いまする。まずは娘御を見舞うと致しましょう」

そう言い放つと、早速に奥の一間に待つ、お由紀の許へと向かった。

床《とこ》に臥せっていたというお由紀であるが、新吾のおとないを知り、俄《が》然《ぜん》元気となって、髪も結い直し、寝衣から振袖へと着替えていた。

会っているところを見られるのは恥ずかしいと、部屋には新吾しか入れさせなかった。その部屋には香が焚《た》かれてあり、目の前の美しい娘が自分に焦がれているのかと思うと新吾はどうも落ち着かない。

「先日はありがとうございました……」

三ツ指をついてにこやかに礼を言うお由紀の声には屈託がなかった。

「何だ。すっかりと元気そうではないか」

おオから自分が行かないと死んでしまうかもしれないと聞かされていただけに拍子抜けがする想いであった。

「はい。一言御礼を申し上げることができましたので、すっかりこのように」

「ならばよかった。時に、川津屋と当家は何かというと張り合っていると聞いたが、お由紀殿も川津屋の娘御とは仲が悪いのか」

新吾は声を潜めて尋ねた。

「いえ……。小さい頃は仲良しだったのですが……」

お由紀も小声で答えた。

川津屋、伊勢屋両家は先代の主人同士がとにかく仲が良く、お喜代、お八重も何かというと互いの家を行き来する仲であった。そういうわけで、お由紀、お美代も五年くらい前までは会う機会もそれなりにあって、親しくしていたというのである。

「それがいったいどうして……」

と、新吾が尋ねようとした時——表から辻謡曲《つじうたい》の謡う声が聞こえてきた。

浪人が路傍で謡い銭を乞《こ》うているのだが、この辻謡曲の正体は竹中庄太夫で、そろそろ次へ行くぞという合図なのである。

「あッ、あッ……。しまった……」

新吾は少し芝居がかって懐に手をやった。

「どうか致しましたか？」

首を傾《かし》げるお由紀に、

「峡先生に刀の打粉《うちこ》をお渡しせねばならぬのをうっかりと失念致しておった」

「え？　もう行っておしまいになるのですか……」

哀しい顔をするお由紀に、

「いや、お渡しすればすぐに戻って参る。武士たる者、師を疎《おろそ》かにはできぬ故にな……」

新吾はにこやかに頬笑むと伊勢屋を出た。

そして、脱兎《だっと》の如く川津屋へ向かって走り出した。

辻謡曲の竹中庄太夫がゆっくりと後を追う。

この何とも馬鹿馬鹿しい芝居こそ、竹中庄太夫が考えた〝かけもち〟であった。

とりあえず会って安心させ、何か理由をつけて中座するがまた戻ってくる。

「神森様は忙しい中、何としてでもわたしに会いに来ようとして下さる……。娘御はかえって喜ぶというもの」

などと一人悦に入《い》っていたが、果してうまくいくのかどうか——とにかく新吾は走った。

伊勢屋から川津屋は五町（約五四五メートル）に充たぬ。

新吾の足ならばあっという間に着くが全力での疾走となるとさすがに汗がにじみ出る。

それでも涼しい顔をして店の前へ向かうと既にお才が待っていて、お喜代が市蔵を従えて店の内からとび出してきた。

「まあ、これは神森様……」

先程の伊勢屋と同じ、お喜代も一目で新吾を気に入り、あれこれ礼を述べるのを、新吾も先程と同じ、礼はいらぬ、まず娘御と会いましょうと、こちらは二階のお美代の部屋へ。

お美代もまたお由紀と同じく、新吾のおとないを知って、慌てて床を払い身ずまいを整えて新吾を迎えた。

伊勢屋の時と同じく、好い香りが漂う部屋で恥じらうお美代と二人きり——しかし、ここ川津屋では部屋の外に控える女中の気配がありありと感じられ、伊勢屋以上に娘への監視は強いと思われた。

「お忙しいところを申し訳ございませんでした……」

お美代は先日の礼を告げると、口数も少なく新吾を見つめるばかり——。

お由紀と違ってお美代はまだ恋煩いの衝撃から立ち直れていないように見えた。

何か言いたそうなのであるが、何も言えずにもじもじしたままでいた。

新吾は、自分を想ってくれる気持ちは嬉《うれ》しいが、自分は剣術修行の身で、お美代の相手をしてあげられない。気持ちはありがたく受け止めたので、今日からは元気になってもらいたいと、外の女中にも聞こえるような声で言った。

「はい、ありがとうございます……」

いかにも誠意のこもった新吾の言葉に、お美代はにこやかに頭を下げた。そして、縋《すが》るような目で新吾を見つめて、また何か言おうとして、外の女中に気遣って言葉を呑みこんだ。新吾は声を潜めて、

「何か話したいことがあるのでは……」

と聞いてやった。

お美代の表情がぱッと明るくなった時——、

〽人の情けの盃に、受けて心を取らんとや……。

調子外れの竹中庄太夫の謡曲が聞こえてきた。

是非も無い。新吾はまた懐を探って、

「あッ、あッ、しまった……」

と、刀の打粉を師へ渡すのを失念したと件《くだん》の芝居をうった。

「必ず、必ず、お戻り下さりませ……」

お美代の祈るような切ない表情が胸を締めつけたが、すぐに戻るとお由紀と約束をしている。新吾は師の竜蔵に似て、こういうところは妙に生真面目なのだ。

「すぐに戻って参る……」

ここでも苦しい約束をかわし、新吾は片手拝みで伊勢屋へと駆けた。

「お帰りなさいませ……」

店の前にはお八重がいて、新吾の戻りを窺《うかが》っていた。娘二人は自分だけのために見舞ってくれていると思っているからよいが、母親同士は新吾が敵地にいると知っているだけに気を遣う。

――考えてみれば、どうしておれが気を遣わねばならぬのだ。

新吾は思わず八重に、すまぬと謝りながらお由紀の部屋に向かう自分に腹が立った。

この間、四半刻（約三十分）もたっていないはずであった。お由紀は待ち侘《わ》びた様子もなく、お美代と比べるとやはり潑剌《はつらつ》としていた。

「まあ、大変な汗……」

「いや、金杉橋の向こうからは思ったより遠いものだな……」

「道場は三田二丁目では？　どうして金杉橋を渡ることが？」

「あ、いや、その、峡先生は今、芝の神明においでなのだ」

しどろもどろになる新吾を見てお由紀はふっと笑って、

「どうぞ汗をお拭《ふ》き下さい……」

と、手拭いをさし出した。

「これはすまぬ……」

新吾は受け取った手拭いの中に、何枚もの短冊が挟まれてあるのに気付いた。

小首を傾げる新吾は一番上の短冊に〝お美代さんのもとへお行きになられたようにて〟と認《したた》められてある。

紙問屋の娘に相応《ふさわ》しく美しい水茎《みずくき》であった。

慌てて頭《かぶり》を振る新吾に、お由紀は怒るどころか楽しそうな瞳《ひとみ》を向けて、次をめくれという仕草――。

新吾、これをめくると二枚目には、

〝なにとぞお美代さんに御対面の上、悩みごとなどお聞き下さることをのみ念じ上げ

まいらせそろ〃

とある。

「今日のこの日の思い出に、何か一筆認めたい。筆硯《ひっけん》を拝借願えぬか」

新吾はそう言って、にこりと笑って紙と共に差し出すお由紀に、恋煩いは芝居なのかと筆談で問うた。

お由紀は申し訳なさそうに頷くと、さらにもう一枚をめくれと目で合図をした。

さらにめくると、道中読んで頂きたいと記された書簡があった。

新吾は大きく頷くと、短冊と自分が筆談に書いた一枚と共にびりびりに破り捨て、書簡を懐にしっかりとしまった。

その時――外から竹中庄太夫が吹く、合図の竹笛が聞こえてきた。

今度は新吾、慌てず威儀を正し、

「すっかりと元気を取り戻されたようじゃ、これにて帰るが、よろしいな」

と、よく通る声で言った。

「はい、こちらから御礼を申し上げに参らねばなりませぬところを、わざわざお運び頂きました上に、お見舞のお言葉まで頂戴《ちょうだい》致しまして、由紀はもう満足致しましてございます。この後はただただ、神森様の剣の御上達を蔭ながらお祈り申し上げるばかりにございます」

　お由紀はしっかりとした口調で応《こた》えると、迷惑をかけて申し訳ないが、あなただけが頼りなのだと手を合わせた。

　新吾はしっかりと頷いて伊勢屋を辞した。

「お由紀、あなたこれでいいのですか？」

　お八重は、お由紀が新吾を婿に望むかと思いきや、会って礼が言えたし、見舞ってもらったことだけで満足だとあっさり諦《あきら》めてしまったことがおもしろくない。新吾が帰るや問い詰めた。

「川津屋のお美代さんだって、神森様に恋焦がれているかもしれませんよ」

「きっとそうでしょうね」

「わかっているなら、どうして諦めてしまうのです。川津屋に掠《さら》われてもいいのですか」

「わたしはお美代ちゃんと張り合うつもりはありません。仲良しでいたいわ」

「お喜代さんの娘と仲良しでいたい？　そんなこと許しませんよ！」

　お喜代もお八重も、互いのことになるとどこまでも意地を張り合ってしまう。そのこと以外は好い御内儀で通っているだけに、お由紀は一層悲しかった。

母親同士の確執によって、会うことさえままならなくなったお美代への想いを、お由紀は恋煩いの振りをして、神森新吾に託したのである。

その新吾は金杉通を北へ、走りつつ件の書簡に目を通していた。

「なる程、お美代が先程話したそうにしていたのはこのことなのか……」

早く戻ってやらねばならぬと金杉橋まで来たところで、先日叩き伏せたずぶ八とばったり出会《でくわ》した。

——よりにもよってこんな時に。

ずぶ八、今日は先日よりも明らかに腕っ節の強そうな巨漢の乾分を引き連れている。

「手前はあん時の三一か、今日は礼をさせてもらうぜ！」

ずぶ八の威勢のいい声と共に、破落戸共が一斉に新吾に襲いかかってきた。

——仕方ない、相手をしてやろう。

こんな奴らに負ける気はしないが、一発や二発殴られるのは覚悟せねばなるまい。

腫《は》らした顔でお美代に会うのは甚だ辛いが——。

しかし、ずぶ八達は新吾に到達する迄《まで》もなく、橋の向こうから現れた屈強の武士に、あっという間に殴られ蹴られ投げ伏せられて壊滅した。武士の強さは神業である。

「新吾、早く行ってやれ」

屈強の武士が峡竜蔵であることは言うまでもない。

「先生、後ほどお話が……」

新吾はさっと立礼すると走り去った。

「話ってなんだ。まさか新吾の奴、侍を捨てるつもりじゃ……」

首を傾げる竜蔵の足下で、

「ずぶ八の兄ィ、この辺りには強《つえ》え旦那が多いなあ……」

「ああ……、もう二度と来ねえ……」

破落戸達の呻《うめ》き声が聞こえてきた。

四

「つまりお由紀という伊勢屋の娘は、お美代という川津屋の娘が新吾に恋煩いをしたと見てとって、自分も恋煩いのふりをしたってわけかい」

竜蔵が尋ねた。

「はい、それがお美代に言伝をする一番手っ取り早い方法だと思ったのでしょう」

新吾が答えた。

「親同士仲が悪いと、娘二人は、仲が良くても会えねえってわけか」

「おまけに箱入り娘ですから」

「お目付役の女中がついているんだろうなあ」

「それでもお互い、気の許せる女中に文を託して、女中同士が外へ出た時にそれをやり取りしていたのですが、川津屋の女中が伊勢屋の女中と慣れ合っているという理由で少し前に暇を出されたとかで、このところお由紀とお美代は連絡の取りようがなかったようです」

「そのことも、お由紀が新吾に託した書き付けの中に認めてあったのか」

「はい。それと、少し前にお美代から届いた文に、近々川津屋に不吉なことが起りそうで恐い……。そう書いてあったので、どういうことか聞いてやってくれと……」

神森新吾はかけもちの見舞を何とか終えて、その夜、峡道場の母屋にある竜蔵の自室にいて、この日の顚末《てんまつ》を熱く語っていた。

部屋には竜蔵の他に、竹中庄太夫、網結の半次、さらにお才がいた。

若い娘にその人となりを見初《みそ》められ、秘事を託された神森新吾を何とか男にしてやろうと、皆一様に真剣な目差《まなざ》しである。

「川津屋に不吉なことが起こりそう……。川津屋の娘がそんなことを……」

網結の半次の目付きが目明かしのものとなった。

「それで新殿は、川津屋でそのことをお美代殿に尋ねたのかな」

庄太夫も興味津々で考えを巡らせている。

「はい。そっと例の書き付けをお美代に見せたのですが……」

お美代はそれを見て、いたく驚いた。やっとの思いで信頼のおける伊勢屋のお由紀に文で知らせたが、その直後、取り次いでくれていた女中が暇を出された。最早《もはや》この件について、誰にも相談できぬまま不吉の日を迎えることになるのではないかと思っていたところ、神森新吾が中座した後、これを持って来たからであった。

お由紀は、神森新吾は頼りになる人であるから相談してみろと言っている。

お美代も一目会った時から新吾に話を聞いてもらおうと思っていたのであるが、部屋の外で聞き耳をたてているだろう女中の存在に先程から言えないままでいたのである。

それを察した新吾は、

「明日また来よう。今日は胸がいっぱいで何も言えないようだ。某《それがし》に言いたいことがあればその折まで考えておけばよい」

よく通る声でそう言うと、紙に筆で〝言い辛いことは文に認めるべし〟と書いて見せたのであった。

「それで今日のところは引き上げて来たってわけだな」

「新殿はなかなか頭が切れる……」

満足そうに頷く竜蔵の横で庄太夫が唸った。

「おれが新吾くれえの時は、そこまで気が回らなかったよ」

「商家の婿に望まれるようなこともなかったねえ……」

お才が昔を思い出し、笑いながら言った。

「商家の婿？　とんでもない。川津屋も伊勢屋もそんなことを考えていたのですか」

「お喜代さんもお八重さんも、新吾さんをすっかりと気に入ったみたいでしてね。新吾さんが明日また来てくれると知って、お喜代さんは喜ぶし、お八重さんは何だか機嫌が悪くなるし、こっちも間に入って大変だったんですよ」

「馬鹿馬鹿しい、わたしはあくまで人助けだと思って……」

「わかってるよ。まあ、人に好かれるってことは悪いことじゃねえやな」

竜蔵はむきになる新吾を窘めて、

「いずれにせよ、川津屋に不吉なことが起りそうで恐い……。それを誰にも相談できずにいるってのはかわいそうだし、何か理由《わけ》ありのようだ。しっかり聞いてやんな」

と、新吾の肩を叩いた。

「はい！」

師の言葉に新吾は畏《かしこ》まって見せたが、

「しかし、何故《なにゆえ》、川津屋と伊勢屋はあんなに張り合うようになったんです。お由紀の話では、両家は先代の頃は仲が良かったとか……」

新吾はお才に問うが、お才も詳しいことはわからないという。もっとも、お美代、お由紀でさえもよくわかっていないことなのであるが……。

「そいつは恐らくこういうことじゃねえですかねえ……」

ここで網結の半次が口を挟んだ。

「こういうことって、親分、調べたのかい」

「へい……、前々から川津屋と伊勢屋のことは気になっておりやして、仕事柄じっとしていられませんでねえ……」

今日、皆が新吾の露払いに奔走している間、あれこれ聞き込んだそうだ。

処《ところ》の目明かしである半次にとって、これくらいのことを調べるのはわけもない。

川津屋と伊勢屋は亡くなった先代同士が子供の頃からの仲好しで、両家は互いに困ったことがあると助け合い、互いに身代を大きくしてきたのであるが、そもそも亀裂《きれつ》の始まりは、最初のお喜代の婿取りにあるという。

お美代の実父である弥兵衛は、川津屋の先代の甥《おい》であった。早世した弟の子供を店に引き取り、番頭に据えたのである。

この弥兵衛を伊勢屋の先代は大いに気に入り、

「行く末は、お八重の婿になって貰いたい……」

と、川津屋の先代に申し入れていた。

川津屋にしても、お喜代の従兄《いとこ》が伊勢屋を継ぐわけであるし、これで親戚《しんせき》になるのだ。

内々に了承していた。お八重もまた何事にも歯切れの好い弥兵衛のことが好きであったから、いずれはそうなるものと誰もが思っていた。

ところが、お喜代の婿も決めぬうちに、川津屋の先代が急死したことによって話が変わった。当面店は先代の御内儀が、店の番頭達と諮《はか》って営んでいくことになったのであるが、早急にお喜代に婿を取り、新しい体制を固める必要に迫られた。

その時お喜代は、弥兵衛を婿に望んだ。

内儀は伊勢屋との内々の約束があったので、これを渋ったが、お喜代は以前からほのかに弥兵衛に想いを寄せていて、父親の死を機にその念が噴き出したようだ。

さらに川津屋の危機を乗り切るためには、しっかり者で川津屋にとっては縁者である弥兵衛を、お喜代の婿とするのが得策だと親類縁者の内で話がまとまり、これを伊勢屋に伝えたのである。

「川津屋さんのためには確かにそれがよろしかろう……」

伊勢屋の先代は事情が事情だけに、これを了承し、お八重は仲が良かったお喜代ならばと、好きだった弥兵衛のことを思い切った。

「とはいうものの、伊勢屋のお内儀の心の内には何ともやるせねえ想いが残ったようで……」

半次の話に耳を傾けながら、ただ一人、女であるお才は苦笑いを浮かべていた。

「あたしには両方の気持ちがわかりますねえ」

「それでも伊勢屋の先代が生きていなさるうちは、川津屋との縁は途絶えなかったようなんですがね……」

弥兵衛が早世し、伊勢屋の先代も、隠居したお喜代の母も相次いで亡くなった後に、お喜代が番頭の市蔵と再婚すると言い出した。

これにお八重が反発したのだ。

お八重は市蔵が嫌いであった。色白で優しげな顔はしているが、どこか陰気で何を考えているかわからない。勤勉ではあるが、その実野望を胸に秘めているむきもあり、お喜代の婿が弥兵衛に決まった後、伊勢屋への遣いを買って出て、何かというと店に顔を見せに来た。決して表には出さないが、お八重には弥兵衛が駄目ならこの市蔵はどうですと、自分の気を引こうと思っているのではないかと思われて、何とも疎《うと》ましかったのである。

後家の身で店を切り回すのは大変であろうと、親類縁者がお喜代に再婚を勧めた陰には、きっと市蔵の運動があったのに違いない。

弥兵衛とは似ても似つかぬ男を、いかに周囲の勧めがあったとはいえ、喪が明けるやすぐに夫とするのは、お八重には見ていられない。これは弥兵衛への裏切りではないか。

しかし、お喜代は好きだった弥兵衛の面影を引きずることなく店での暮らしを送るのに、何か新しい刺激が必要であったのかもしれなかった。弥兵衛と一緒にならなかったことで、さほど男振りはよくないが、商才に長けた番頭の六右衛門を婿にして気楽に暮らすお八重とは立場が違うのだと、友達同士の情で市蔵との再婚を反対するお八重に取り合わない。

「お八重さんは、好きだった弥兵衛さんをわたしが殺したとでも思っているのでは？」

内心では弥兵衛と一緒になったことへ忸怩《じくじ》たる想いのあるお喜代は、ついこんなことを口走ってしまった。

「それから、二人の仲に大きなひびが入って、何かってえと張り合うようになってしまったようです」

半次はそこで口を噤《つぐ》んだ。

「どちらかが折れりゃあいい話じゃねえか……」

竜蔵が嘆息した。

「女ってのは一度曲がっちまうと、なかなか元には戻らないんですよ」

弥兵衛とは一緒になれなかったが、今は店の勢いも伊勢屋が上で、自分はこんなに幸せになったと誇りたい気持ちのお八重――それを認めたくないお喜代がいる。

「話を聞くに、籠《かご》の鳥みてえにされた、娘二人がかわいそうだ。特にお美代がな。新吾、とにかく明日、お美代の悩みがわかったら、またここで策を練ろうとしようぜ」

礼金をもらった手前もあるが、新吾が絡むこの一件が何やら竜蔵には放《ほう》っておけなくなってきていた。

翌日――。
神森新吾は朝から川津屋を訪ねた。

昨夜は峡道場の面々とあれこれ打ち合せた。それに従い、今日の新吾は、素直に娘の身を案じる親切な若侍然として挑んだので、お喜代はますます喜んだ。

親しくなりさえすれば、付き合う内に、貧しい御家人の暮らしに嫌気がさすかもしれないではないか――。

お喜代は武家との付き合いが重荷になると思っているのか、新吾のおとないを今ひとつ喜ばぬ市蔵を尻目に、娘のようにはしゃいで下へもおかぬもてなしようで、新吾をお美代の部屋まで案内した。

お美代が女中達を憚り、新吾に何も喋らなくなるのを恐れたか、伊勢屋のお由紀が身を引いた余裕からか、今日は部屋の周りに張り付く女中の姿はなく、廊下に婆《ば》ァやを一人待機させているだけであった。

「昨日よりはすっかりと顔色もよいようだ……」

「はい……。ありがとうございます」

お美代は恥ずかしそうに目を伏せた。

「某に言いたいことは思いついたかな」

「あれこれと考えておりましたが、いざこうしてお目にかかりますと、やはり胸がいっぱいになりまして……」

「はッ、はッ、忘れてしまったか……」

爽やかに応《こた》えた新吾であるが、それがお美代の本心であることは無言のうちにも伝わってきて、そのいじらしさに胸が締めつけられた。

「ほんの少しの間だけ、そこに黙ってお座り頂くだけで、美代は満足にございます……」

お美代はそう言うと、そっと書き付けをすべらせた。あなたさまほどのお方にこのようなものを書いて渡すのは忍びないことではございますがと、潤んだ瞳が詫びている。

新吾はそれを素早く懐に入れると、

「ならば、少しだけここに居て今日は帰るとしよう。その上で、某も何かお美代殿を元気付ける話を考えて参ろう」

そしてまた明日訪ねて来ようと言ってお美代を安心させると、半刻足らずでその日も川津屋を出たのである。

道場へ戻ると昨日の面々が、今や遅しと新吾を待っていた。

「何かわかったかい」

竜蔵は道場で型の稽古をしていたが、心ここにあらずという様子で、新吾の顔を見るや庄太夫、半次、お才を連れて、母屋の自室へ通して尋ねた。

祈るような想いで書いたのであろうお美代の書き付けを見せびらかすのも気が引けて、道場への帰り道、鹿島《かしま》明神の一隅で新吾はその内容を改めてきた。

そこには思わぬことが認められてあった。

今から一ト《ひ》月程前のこと、お美代は亡父・弥兵衛の夢を見て深夜に目が覚めた。夢の中の弥兵衛は月明かりの下、中庭に立ちお美代に笑いかけている。

優しくて男らしく、洒脱《しゃだつ》さを持ち合せた弥兵衛はお美代にとって最愛の父であった。

伊勢屋のお八重が市蔵を毛嫌いするように、お美代もまた、お喜代が市蔵と再婚したことに内心では反発していた。

――お父っつぁん、どうして死んでしまったの。

夢がお美代の亡き父への想いを募らせた。小窓の隙間《すきま》から月明かりが洩《も》れている。

本当に今、中庭に弥兵衛が佇《たたず》んでいるのではないか――そんな気がした。

お美代はそっと部屋を出て、寝静まっている家の廊下を息を殺して歩いた。

こんな時分に部屋を出てうろついていることがわかったら、お喜代にひどく怒られるであろう。だがどうしても中庭に父の姿を求めずにいられないお美代であった。そうしなければ弥兵衛はもう夢の中にも出てこなくなるような気がしたのである。

そっと板戸を開け、渡り廊下の内より庭を覗《のぞ》いてみる。もちろん父・弥兵衛の姿はそこにない。しかし、庭の一隅にある小さな物置小屋の陰に誰かがいるような気配がした——じっと目を凝らすと、月明かりに浮かんだのは市蔵と下男の甚太《じんた》である。

甚太は五十絡みの、いかにも人の好さそうな小男で、市蔵の遠縁にあたるという。煙草《タバコ》の行商をしていたのだが、子もなく、女房に死に別れた後は、藤沢で寺男《てらおとこ》をしていた。それを、下働きの手が足りなくなったこともあり市蔵が呼び寄せてやったのである。

川津屋へ来て、三月《みつき》ほどになるが、小回りのことなどもよくこなし、店の者達からは〝甚さん〟と親しまれていた。

お美代は二人の姿を認めて、とりあえずはほっとしたが、二人の表情がいつになく険しいものであることが気にかかった。

「次の月の二十一日……」

そして、この市蔵の言葉がはっきりとお美代の耳に届いた。

「よし、わかった……」

甚太がぞんざいな口調で答えた。いつもの穏やかな声とは別人のような乾いた響きであった。さらに、闇夜《やみよ》を照らす月光に浮かぶその顔も、何やら狢《むじな》のようで恐ろしく映った。

見てはいけないものを見てしまった――。

亡父の面影を求めた甘く切ない想いはたちまち消え去り、お美代はすぐにそこから逃れようとして、再び忍び足で部屋へ戻った。

やっとの思いでそっと部屋の戸を開けた時――背後に義父・市蔵の影が伸びるのを感じた。

市蔵と甚太が深夜密《ひそ》かに庭の隅で交した二つの言葉――

「次の月の二十一日――」

「よし、わかった……」

これが、お美代の胸を不吉な想いで締めつけた。

その日にいったい何があるのか。ただ何気ない会話の中で発せられた言葉ではなかっただけに頭から離れないのである。

母のお喜代にそれとはなしに聞いてみようかとも思ったのだがあの夜、二人の会話を盗み聞いていたことを、市蔵と甚太に知られるのが何とも恐い。

もちろん、店の者にもうっかりとしたことは言えない……。

我慢できずに、親に内緒で時折密かにお由紀と交す文の中に、〝川津屋に不吉なことが起こりそう……〟だと書いたのだ。

ところがその直後、文を取り次いでいた女中が、伊勢屋の女中と慣れ慣れしくしていたとのことで暇を与えられ、お美代にはうるさい監視役の手代と女中が付けられるようになった。

あの夜、慌てて部屋に戻るお美代の姿に、やはり市蔵は気付いたのであろうか。そうだとすれば尚更恐ろしい。

とはいえ、市蔵は生《な》さぬ仲とはいえ自分の父である。何とはなしに恐ろしいというだけで疑うのもいかがなものか。いっそ娘なのだ。甘えるように父にあの夜のことを尋ねてみようかとも思ったが、やはり恐くて言えないのだ。

〝次の月の二十一日〟は間近に迫っている。

具体的な日にちを聞かされただけに恐ろしい。いったいわたしはどうすればいいのだろうか……。

お美代が新吾に渡した書き付けには、相談する相手がなく、人から見れば下らぬようなことで思い悩んでいる身の哀しさが切々と綴《つづ》られてあったのだ。

「下らぬこと、じゃありませんぜ……」

ひと通り話を聞くと、網結の半次が決然たる面持ちで言った。

「こいつは嫌な匂《にお》いがぷんぷんしますよ」

「どういうことだい。市蔵は勤めぶりが真面目だってことで婿になった奴なんだろう」

何かやらかしたところでたかがしれている。二十一日というのは、芝神明の祭礼の最終日だから、恐い女房の目を盗んで、何か息抜きを企んでいるのではないかと竜蔵は言う。

お才も新吾も市蔵に会っているが、確かに恐るるに足らずという柔弱な男に思えた。

それでも半次は、

「いや、その真面目な男ほど、思わぬことをしでかすものです。市蔵は女房の目を盗んで、水茶屋の女に入れあげているという噂を仕入れておりやす。その上に、三月ほど前から市蔵の引きで下働きに入った甚太って男も何やら気になる……。こいつは二十一日に、川津屋で何かが起こりやすぜ」

半次は既に市蔵の身辺までも調べあげていて、長年の目明かしの勘を働かせる。

「二十一日に何かが起こる……？」

腕利きの十手《じって》持ちの推察に、竜蔵達はたちまち興をそそられて、ぐっと膝《ひざ》を進めた――。

五

長月二十一日の夜は雨となった。

十一日から続いた芝神明の祭礼も今日で終わり、祭の後の寂しさを秋雨がさらに物悲しくしていた。

町の者達は家路に急ぎ、浮かれ気分を払拭《ふっしょく》せんと早々に床に着いた。

芝湊町の薬種屋川津屋も、今日は雨と共に早目に店を閉め、明かりを落とした。

そうして夜もふけ、家人は眠りにつき、ただ雨の音の他は深閑とした家屋の中で、お美代はまんじりともせずに部屋で窓の外の景色を見つめながら時を過ごしていた。

お美代の部屋の窓は二つある。裏庭に面した格子《こうし》窓と、新堀川に面した小窓である。

この小窓は少し高目に施《ほどこ》されてあり、何かの折には細身の女や子供であれば、ここから外へ逃れることができるようになっている。

つまり、外に面した窓からの侵入は女子供にしか果せないことになる。亡父・弥兵衛の愛娘《まなむすめ》への配慮がこういう所からも窺える。

今、お美代は格子窓を僅《わず》かに開けた隙間から裏庭を見ている。

すべては、神森新吾の指示による。

訪ねてくれた三日目に、二十一日は自分が剣の師・峡竜蔵と共に守ってやる故《ゆえ》心配するなと筆談で知らされた。

小窓の外の岸辺には一艘《そう》の湯船が、魚市の小船と並んで舫《もや》ってある。

この金杉の辺には〝芝魚〟を扱う魚市があり、新堀川の河口は漁師の小船や、荷船で賑わう。

湯船はそういう船頭達や、沖に碇泊《ていはく》する船を相手に湯を使わせる移動式の風呂である。故に船には囲いがあり、今この中に、峡竜蔵が、竹中庄太夫、神森新吾、網結の半次と共に潜んでいて、お美代の部屋の小窓を見上げているのだ。

変事があれば、亡父・弥兵衛に密かに教えこまれていた通りに、押入れにしまってある細縄を外へ垂らし外へ逃れるつもりのお美代である。細縄が外へ垂れたと同時に、湯船をとび出し、お美代を助け、川津屋へ潜入する段取りとなっている。

小窓のすぐ下には、新吾だけではなく、あの強い新吾が敵《かな》わないという峡先生が居る――これがお美代の心を随分と楽にしてくれた。

母・お喜代のため、店のためには、

「何も起こらねばよいのだけれど」

と願うお美代であるが、その想いとは裏腹に、何か起こって、それを新吾に助けてもらえたらどれほど素敵であろうかという、若き乙女の空想もはたらく。

うっとりと、感傷に浸った時、裏庭をそっと横切る市蔵と、甚太の姿をお美代は格子窓の隙間に認めたのである。

市蔵と甚太は裏庭から続く蔵へと歩みを進めている。雨音にかき消され物音さえもお美代の耳には響かなかったが、市蔵と甚太はこのような会話を交していた。

「くれぐれも、家の者には手を出さないでおくれよ」

「わかっておりやすよう旦那様……。だが、誰かが勘付きやがったら、そいつは諦めねえ」

「だったら勘付かれないようにさっさと済ませておくれ」

「任せておきな。時に、いっかなお前に懐かねえ娘はどうしているんだい。この前、おれと居る所を見られたかもしれねえと言っていたが……」

「お美代なら若い侍に恋煩いで、気がどこかへとんでいるよ」

この話を聞く限りでは、甚太は盗《ぬす》っ人《と》の引きこみで、あろうことか市蔵がこれに内通しているように思われる。

網結の半次が〝嫌な匂いがプンプンする〟と言ったのは正しくこのことである。

恐ろしい女房の目を掠《かす》めて水茶屋の女に入れあげる市蔵は、それを種に怪しげな奴らから何か強請《ゆす》られているのかもしれないと見たのだ。

とすれば、やがて甚太の仲間が川津屋へ忍びこんで来るに違いない。

果して、夜釣りから戻ったかの如き漁師の船が海側からやって来て、新堀川の河口へ着けられた。

「先生、おかしな船が着きましたぜ……」

これを湯船の中から、網結の半次がしっかりと見ていた。その船からぱらぱらと黒い人影が岸辺に降り立ち、川津屋の裏手へと消えた。この数を半次は冷静に五人と判じた。

「親分の言う通りだったたな。新吾はお美代を受け止めてやんな」

最早、お美代の部屋の小窓を窺うまでもない。竜蔵は、愛刀・藤原長綱《ながつな》二尺三寸五分を引っ提げ湯船を出て、注意深く周囲を見廻すと足音を殺して黒い影の後を追った。

黒い影は川津屋の裏木戸から難なく中へと入った。頑丈な造作の木戸も中から錠が開けられていれば意味もない。

その黒い影は、格子窓から外を窺うお美代の目にもはっきりと届いた。己が幻想に終わるのであろうと思っていた〝川津屋に不吉なことが起こる……〟という不安が的中してしまったことに呆然となりながらも、お美代は小窓の外を見た。湯船から新吾が出てくる姿が見えたその安心と、母を助けねばならないとの想いが、お美代に小窓の外へ細縄を投げ下ろすという作業を迅速に行わしめた。

そして、細縄にしがみついて下へ降りるお美代を、新吾がしっかりと抱きとめた。

愛《いと》しい殿御の腕に抱かれて、その体の温《ぬく》もりに、

「ああ……」

とお美代は放心したが、

「お美代殿、親分の言うことを聞くのだぞ……」

新吾は、十手を掲げて庄太夫と駆け寄って来た半次にお美代を託し、自らは川津屋の裏へと走った。

その時、川津屋裏手の蔵の前では、裏木戸から入って来た五人の人影を見た市蔵が、

「よし、仕方がない。共に縛られましょう」

と両手を後ろに回した。不審な物音が聞こえたので、甚太を伴い裏庭へ出てみたら盗っ人共に捕えられた――。

そのように偽装する手はずであった。

「馬鹿を言っちゃあいけねえ。おれは盗っ人だぜ、縛られるのは縁起でもねえや」

「それは約束が違う、お前さんが消えてしまえばわたしが疑われる……」

その言葉が終わらぬうちに、甚太が隠し持った匕首《あいくち》で市蔵の腹を刺し貫いた。

「どうってことはねえやな。どうせお前は死ぬんだからよう……」

竜蔵が木戸の外を見張る一人を峰打ちに倒し、裏庭へと入って来たのはこの時であった。

ばったりとその場に崩れ落ちた市蔵を見て、竜蔵の怒りが爆発した。

「おのれ……！」

竜蔵は駆けつつ、引っ提げた大刀《だいとう》を甚太めがけて投げつけた。

「うわあッ……！」

大刀は甚太の腹に深々と突き立ち、その時既に抜き放たれた竜蔵の脇差《わきざし》が、慌てて長脇差を抜いて迎え討つ、盗っ人共の腕を斬《き》り、肩を割った。

さらに、新吾が裏木戸から躍り込んできて、竜蔵の凄腕《すごうで》に戦《おのの》き、逃げ出そうとする一人の足を峰打ちに払い、残る一人に刀を突きつけ、

「刀を捨てろ……」

と静かに言った。

後ろには、甚太に突き立った大刀を抜いて、大小二刀を手にする竜蔵がいる。

最後の一人は舌打ちをしつつ刀をその場に捨てた。それを、続いて入ってきた網結

の半次が鉤縄《かぎなわ》で縛りつけた。

既に雨は上がり、川津屋の店の者達も次々に手燭《てしょく》を掲げて裏庭へと出てきた。

その明かりに照らされて明らかになった惨状にお喜代は、あっと声をあげた後は、これを現実と受け止められず、店の者達が市蔵を運び出すのを呆然と見送りながら、その場に立ち竦んだ。

そこへ、竹中庄太夫がお美代を連れて来た。

お美代はもうすっかりと落ち着きを取り戻していて、竜蔵と新吾に深々と頭を下げると、

「おっ母さん、ほら、皆様に御礼を言わないと」

と、少し大人びた声で言った。

「お美代……。お美代！」

雨にぬかるんだ庭の土を素足で踏みしめて、お喜代はお美代に縋りつくように抱きついた。

「わたしは無事よ……」

母を労るその姿には、恋煩いに床に臥せてしまったお美代の、あの弱々しさはなかった。

義父が大変なことになってしまった今、母を支えられるのは自分だけなのだ……。

その想いと、店の危急を救った自信が一夜にしてお美代を成長させたと言える。

今にして思えば、あの月夜の晩に見た父・弥兵衛の夢こそが、自分に母を助けてやってくれという弥兵衛の願いではなかったか──。

「おっ母さん、安心して。これから先はわたしも心を入れ替えますから……」

決然たる想いで母を抱きしめるお美代を見て、新吾は苦笑いを浮かべた。

忙しく立ち廻る半次を尻目に、庄太夫は竜蔵の傍に寄って、

「先生、つくづく女は厚かましいものですな。恋に悩む乙女も、様子が変わればしっかり者の家付き娘に早替りです。ですがこれで、床だけでなく、道場の屋根も直せそうです」

と、囁《ささや》いた。

六

それからしばらくの間、川津屋には試練の日々が続いた。

蔵の中にしまわれてあった八百五十両ばかりの金子《きんす》はそのまま保たれたが、主・市蔵は凶刃に倒れ、しかもそれが、自分の遠縁だと言って連れてきた男に刺されたもの

であることが波紋を呼んだ。

事件は、網結の半次の旦那である北原秋之助が処理したのだが、捕えられた盗っ人達が白状したことによって、すべての事実が明るみに出た。

市蔵は仕事の付き合いで立ち寄った、氷川《ひかわ》の水茶屋のおせきという茶立女《ちゃたて》と馴染むうち、やがておせきに入れあげるようになった。

とり立てていい女ではないのだが、おせきは男を持ち上げるのがうまい。対外的な飾りのためだけに二度目の婿養子として選ばれ、何かというと女房のお喜代に頭ごなしにやりこめられる市蔵にとっては、見えすいたおべんちゃらも気持ちがよかったのであろう。

「わたしだって川津屋の主だ。道楽のひとつあってもいいだろう」

お喜代の前夫・弥兵衛に比べると、すべてに渡って見劣りのする市蔵であったが、算盤《そろばん》には長けている。遂に帳簿をいじって五十両の金を捻《ひね》り出し、おせきの店への借金を払ってやり、これを囲い始めた。

「偉そうなことを言っていても、お嬢さん育ちだ。お喜代の奴、何も気付いちゃいないよ」

市蔵はおせきの許へ通うことで、日頃の溜飲《りゅういん》をさげていたのだが、ある日、おせきの兄という男が出て来て、横領した金で妹を囲うとはどういう料簡なのかと脅しにかかった。

この男は白鞘《しらさや》の猫七《ねこしち》という盗っ人で、元々のおせきの情夫《まぶ》であったのだが、おせきから市蔵の話を聞いて一計を思いついたのである。

それが、九月二十一日の一件であった。

猫七はまず甚太という男を奉公人として使えと言ってきた。それからは万事甚太と相談し、蔵の錠の合鍵《あいかぎ》を作り、盗みに入る段取りを調えるよう市蔵に迫った。

千両やそこらの金を盗まれたとて、川津屋はびくともしまい。市蔵にも百五十両の分け前を渡すと猫七は言うのだ。

婿養子の身に否《いや》も応もなかった。当日は甚太と共に賊に縛られて蔵を荒らされたことにすれば、この先おせきとよろしくやれるではないか――。その言葉に甘い夢を見た市蔵は哀れにも、後腐れの残らぬようにと殺されてしまった。

網結の半次は大凡《おおよそ》そんなことなのだろうと推測していたのだが、仮にも川津屋の主が盗っ人と内通して店を襲わせたなどということがわかれば、川津屋は世間の信用を失う上に、お上からも厳しい叱責《しっせき》を受けることになろう。

それ故に、峡竜蔵は、お美代が月夜の晩に、市蔵と甚太が話している所を見てしまったという事実は忘れてしまえと、このことを知る皆に厳命した。

「親分はお上の御用を勤める身だが、おれ達が助けに入ったのは、あくまでも通りすがりに偶然賊を見かけた……。そうしてやってくれねえか」

特に半次には祈るような目を向けた。

元より半次に異存はない。それどころか、半次はますますこの若い剣の師の優しさに惚《ほ》れた。

奉行所の方からはお喜代を始め、店の者へ盗っ人達の証言を元にあれこれ問い合せがあったが、最終的には盗っ人達の言うことを取りあげぬまま、川津屋を不問に処した。

市蔵、甚太は死んでいるし、その後、おせきなる女は姿を消したとのことで、市蔵は盗賊一味によって、騙《だま》され、脅され、そして殺害されたと済ませてしまったのである。

盗っ人達が何と叫ぼうと、何れ獄門にかけられる身なのであるから、連中にとって川津屋の裁きなどどうでもよいことなのだ。

しかし、その実奉行所を動かしたのは、意外にも、奉行所に紙を納めている紙問屋の伊勢屋であった。

二十一日の夜の川津屋の事件を耳にした時、この家の箱入り娘のお由紀は、神森新吾に託したお美代の悩み事が、ここまで大きな騒動になったことに驚き、このことに自分も関わっていたことに興奮を覚えた。

今こそ、川津屋と伊勢屋が祖父の頃のような仲を取り戻す時が来たのだ。何とかしなければならない。もうわたしは母親同士の張り合いに付き合ってなどいられない。

――そうだ。おっ母さんに、お美代ちゃんとの友達付き合いを認めてもらおう。それが叶《かな》わなければこの家を出て行ってやる。

箱入り娘はついに箱をとび出して、決然たる思いで母・お八重の姿を店に捜したのだが――。

「お八重なら川津屋さんにお見舞に行ったよ」

と父・六右衛門はこともなげに言った。

ぽかんとするお由紀に六右衛門は、

「何やら機嫌が好かったよ。家を出しなに、お前さんがわたしの婿になってくれて、つくづくよかったと、お天道さまに感謝しています……。なんてね、どうせ今度は川津屋さんを助けるのにお金が要るから頼みますよと、わたしをおだてているんだろうけどね……」

と、固太りの体を揺すってさも愉快気に笑ったものだ。

その頃、川津屋の奥の一間でお八重はお喜代と向かい合って泣いていた。

「ああ、お喜代さん、とにかく無事でよかったわ……」

「本当にそう思ってくれているの……」

お喜代はお八重の来訪を聞くや既に泣いている。

「わたしはまた、あんな市蔵なんぞを婿にするからこんなことになったんだと、お八重さん、わたしのことを笑っていると思っていたから」

「あら、市蔵さんと一緒になったことは今も怒っていますよ」

「またそうやって喧嘩を売るのね」

「ええ売りますよ。喧嘩をしていれば、張り合っていれば、また、あなたと会っていられますからね……」

「そうね……。わたしもそう思っていたわ……」

「わたし達ってどうしてこう我儘に育ったのでしょうね」

「ええ、随分と周りの人達に迷惑をかけたわねえ……」

「はい……。何といっても、あの、神森新吾様には特に……」

「何としてお詫び申しましょうかねえ……」

やがて二人は新吾の困った顔を思い出してころころと笑った。

この先も続くであろう、お喜代とお八重の不思議な友情を絶やさぬようにそっと見守ってやろうと、伊勢屋六右衛門は北町奉行・小田切土佐守《おだぎりとさのかみ》に何度も頭を下げ、川津屋への格別なるはからいを懇願したのである。

元より土佐守も情に厚いと評判の名奉行である。お前も女房には苦労するなと笑いつつ、川津屋への穏便なる計らいを約したのである。が、

「ところで、川津屋が襲われた夜、偶然に助けたという峡竜蔵と神森新吾なる剣の師弟だが、あのような時分にいったい、何をしていたのであろうな……」

と、事件のことよりも何よりも、小っぽけな峡道場の面々に興味津々の様子であったという。

さて、その剣の師弟はというと、事件もすっかりと落ち着いたある晩秋の昼下がり――三田二丁目の道場を出て赤坂清水谷《しみずだに》にある、大目付・佐原信濃守《しなののかみ》の屋敷へ向かった。

二人を送り出す竹中庄太夫は、この日は朝から床板の張り替え、屋根の葺替《ふきか》えに来ている職人達に嬉々として指示をしていた。

礼がほしくて賊を退治したわけではないが、庄太夫の楽しそうな様子を見ると、八

りだ。

百数十両の金を守ったのだ。これくらいの厚情には甘えておこう。心晴れ晴れと四国町を北へと向かう竜蔵のやや後ろで、新吾の笑顔はこぼれんばか

「まだついて来たとて役には立たぬ」

そう言われて今まで叶わなかった佐原家への出稽古のお供が、今日許されたのである。嬉しさも一入《ひとしお》なのだ。

「まあ、川津屋のこともうめえ具合に収まって何よりだったな」

「はい、竹中さんも喜んでいますから」

新吾の口調も少しずつ大人びてきた。

「川津屋の内儀同士も今は一緒にお才の家に稽古に来るそうだ」

「娘二人も毎日のようにつるんでいるようですね」

「何だ、お前やけに詳しいじゃねえか」

「先日、赤羽橋の袂《たもと》で二人とばったり行き会ったのです」

「ほう……。何か話したのか」

「いえ、伊勢屋のお由紀は何か言いたそうにしていましたが、川津屋のお美代は道の端へ寄って、ただ頭を下げるばかりで、わたしも笑って、頷いて、そのまま通り過ぎ

ました」

「もう、恋煩いは治ったのか」

「あれは恋ではなくて、頼る相手を探していたところにわたしがたまたま通りかかった。ただそれだけのことです」

「そうかねえ」

「そうですよ」

「お前とお美代じゃあ、どうしようもねえものな」

「はい、どうしようもありません」

主人を失い、一人で川津屋を守るお喜代の影に、女の弱さや脆《もろ》さを窺い見た時——お美代は大人の女になったのだ。

男の夢や生き様は、決して金で買えるものでないことを、恋をすることで知ったのだ。

秋雨が降る夜に、二階の窓から逃げ出す自分を抱きとめてくれた、愛しい男の思い出は、その体の温もりと共に、お美代の胸の奥底に、淡いときめきとなって残っていくのであろう。

「時々思い出してやれ……」

「はい……」

いつになくしみじみと答える新吾を冷やかすように、竜蔵はにこやかに振り返りざま、右の拳《こぶし》で愛弟子の胴に突きを入れた。

第三話　息子

一

「先生、お客人のようですが……」

竹中庄太夫が素振《すぶ》りの手を止めて、峡竜蔵に告げた。

道場の真ん中に立ち、重さ一貫目（約三・七五キロ）の木太刀《きだち》をびゅんびゅんと振っていた竜蔵を、出入りの階《きざはし》の下から眩《まぶ》しそうに見ている武士の姿があった。

歳《とし》は三十過ぎくらいであろうか、少しえらが張った顔はなかなか端整で、頭は総髪《そうはつ》に結い、一見すると浪人の身で手習い師匠をしているといった様子である。

着物も袴《はかま》も着古したものであるが、身繕《みづくろ》いに乱れはなかった。

よく見ると、武士の傍に小さな頭が覗《のぞ》いている。

子供連れのようである。こちらは六ツくらいで、丸顔の中にあるぱっちりとした目は愛らしく、竜蔵の素振りに合わせて、視線を上下させているのが頬笑《ほほえ》ましい。

今は、竜蔵の横で神森新吾も、師匠に負けじと必死になって一貫目の木太刀を振っていたので、思わず声をかけそびれたようだ。

こういう時――稽古《けいこ》を中断する理由を絶えず求めている竹中庄太夫の存在は、訪問者にとってはありがたい。

竜蔵は庄太夫に、まず階の上に上がってもらうように言うと、自らは汗を拭《ふ》いて出入り口の方へと出て応対した。

新吾は武士の親子に目礼すると、そのまま素振りを続けた。

竜蔵の様子を見て、親子が知り人ではないと判じた庄太夫は、

「まず、お楽に……」

と、人懐っこい笑みを浮かべた。

それに随分と緊張もほぐれたようで、

「初めて御意《ぎょい》を得まする。わたしは山本周蔵《やまもとしゅうぞう》と申す者にござりまする。これは倅《せがれ》の小太郎《こたろう》にて……」

山本周蔵と名乗る武士は折目正しい中にも親しみの笑みを浮かべながら座礼をした。

これに倣《なら》う小太郎の顔もにこにことしていた。

竜蔵の顔も自然と綻《ほころ》ぶ。

「本日お訪ね申しましたのはほかでもございりませぬ。町で峡先生の飾らぬお人柄を承りました。どうか、この小太郎を当道場に入門させてやっては頂けませぬか……」

周蔵はしっかりと竜蔵を見て、さらに威儀を正した。

「ほう、こちらの御子息をの……」

自分にこのような幼子《おさなご》を託しに来る親も現れたかと、竜蔵はつくづくと親子の顔を交互に見た。

事情を聞くに、山本周蔵は浪人の子供として駿府《すんぷ》に生まれた。国学者の内弟子となって学ぶうちに、学問所に出入りしていた師の縁者の娘みちと所帯を持ち、国学を修める傍らで手習い師匠などをして方便《たつき》をたてていた。

いつか周蔵と共に江戸へ出て、夫が国学者として成功する姿を見たい――。

それがみちの夢であった。

周蔵もまた妻の想《おも》いに後押しされて、自らの学才を試さんと志し、一緒になって二年の後、江戸への移住を決めた。

ところが、そんな折にみちの懐妊がわかった。

身重《みおも》の妻を連れての旅はまさかに出来ない。子を産み、落ち着いたところで江戸へ向かうことに決めたのであるが、哀れにもみちは小太郎を産み、程なくして産後の肥《ひ》立《だ》ちが悪く、帰らぬ人となった。

妻を失った周蔵の落胆は激しく、その悲しみから逃れようとしてまだ乳呑み児《ちのご》の小太郎を連れて駿府を出た。途中、小田原に落ち着き、人の情けに助けられ、小太郎は六歳となった。身の周りのことも自分の手で出来るようになり、満を持して江戸へ出て来たのが一ト月前——。

「やっと住まいも三田一丁目の長屋に落ち着きました。それで、私は剣術の方はからきし駄目ときておりますので、是非、峡先生に小太郎を鍛えてやって頂きたいと……」

竜蔵は、山本親子に肩入れをしてやりたくなってきた。

「お話をお伺いするに、あれこれ大変でござりましたな。御子息をお預かりするのは易《やす》いことですが、学問の方にもっと時を費やさずともよいのですか」

「小太郎はまだ六ツにござれば、色々なことに触れ、自分には何が向いているのかを確かめさせとうござりましてな」

「なるほど、小太郎殿は好《よ》い顔をしておられる。武芸も学問も兼ね備えた立派な武士になってもらいたいものでござるな」

「では峡先生、倅の入門をお許し願えまするか」

「入門を許すというような大げさなことではなく、まだ六ツともなれば、ここへ遊びに来るつもりで寄こされたらよいでしょう」

「忝《かたじけ》のうござる」

満面に喜色を浮かべて頭を下げる周蔵の横で、小太郎もまたペコリと頭を下げた。

「つきましては、甚《はなは》だ厚かましゅうはござりまするが、束脩《そくしゅう》は何卒《なにとぞ》一分《ぶ》でよしなに……」

言いにくそうに少し上目遣いで紙包みを出す周蔵と、その様子を不安げに見つめている小太郎を見ると、竜蔵も、勝手に稽古を中断してその横に控えている庄太夫も何やら胸が熱くなってきた。

竜蔵と、彼より十四歳も年長の弟子、庄太夫は、涙にはまるツボが似ている。

それが、風変わりな師弟の絆《きずな》を深めているといえるのだが、二人はとにかく山本親子の世話を焼きたくて仕方なくなってきている。

「一分も要りませんよ、あすこで棒を振っているのは神森新吾といって、貧乏御家人の倅なんですがね。あいつは年に二朱《しゅ》で引き受けているんですから」

「年に二朱……」

「なあ、そうだろ！　新吾、お前は年に二朱だよな！」

一心不乱に素振りをしていた新吾は、一瞬手を止めて、

「申し訳ございませぬ……」

と頭を下げた。

「ああ、いや、そういうつもりで言ったんじゃねえんだよ。素振りを続けてくれ……」

竜蔵の口調も次第にくだけてきた。周蔵は道場の中を吹き抜ける爽《さわ》やかな風に包まれた心地がしてすっかりと打ちとけ、愉快な笑い声をあげた。

小太郎は楽しそうな父の様子を見て、許しを得たとばかりに彼もまた無邪気な笑い声をあげた。

先程から、こっちを見て何度も頷《うなず》きかける庄太夫の皺《しわ》だらけの顔の表情が、何ともおかしかったのである。


その翌日から、山本周蔵の息《そく》・小太郎は、三田二丁目の峡道場に通ってきた。

「子供を預かっていただくのです。あれこれ御面倒をおかけすることもありましょうほどに、何卒これはお収め下さりませ……」

周蔵は無理矢理一分を束脩として置いていったので、まだ江戸へ来たばかりで定ま

った仕事も決っていない親子の暮らしに竜蔵は気を使い、大した手間にもならないが、写本の内職を世話してやった。

以前から、本所出村町に学問所を構える竜蔵の祖父・中原大樹から、代書屋《だいしょや》を内職とする竹中庄太夫に依頼があったのだが、

「学問の教典は、その意をよく心得ておりませぬと、写すだけとはいえ、なかなか難しゅうございますので……」

庄太夫はこれを丁重に断っていた。山本周蔵は大樹と同じ、国学を学んでいたというから適任だと思ったのだ。

「何から何まで忝ない……」

周蔵はこの話を聞いた時、竜蔵と庄太夫の手を取らんばかりに喜んだ。

予々《かねがね》、国学者・中原大樹の名は聞き及んでいたが、まさか竜蔵の祖父であったとは……。

「写本は己が学びにもなりますし、中原先生とお会いできるなど、夢のようにございまする」

早速、出村町へと出向いた周蔵は大樹に会い、あれこれ学問談義をした後、大樹から、渡された五冊の書物と紙の束を抱えて戻って来た。

「しばらくは住まいに籠《こ》もり、写本三昧《ざんまい》にしてさしあげるがよい」

周蔵の人となりを気に入ったのであろう。

大樹は竜蔵の生母である志津と共に学問所を手伝う森原綾《あや》に、その間周蔵の息・小太郎の世話をしてやるように頼んだ。

大樹にとってはかわいい孫の竜蔵の様子も見てきてもらいたかったのだ。

聞くところによると竜蔵は、市井《しせい》の手習いと同じ——朝の五ツ（八時頃）から昼の八ツ（二時頃）まで小太郎を預かり、自らが武具屋に行って買い求めた小振りの木太刀を持たせ、優しく要領を教え、出来る限り剣術の基本が身につくように指南しているらしい。

「これが少し前なら、がきなんぞに構っていたら、こっちの稽古があがったりだ……。などと言ってたのに、どういう風の吹き回しなのでしょうかねえ」

などと、志津が少し感慨深げに言うのを聞いていると、どうも気になるのだ。

「近頃は人に教える機会が増えて、教えることによって初心にたちかえられることを覚えたのかもしれぬぞ」

「さあ、わたしにはそんな深い意味はないように思われますがねえ」

「お前は竜蔵を、いつまでも暴れ者の小僧扱いをするが、幼い子供をかわいがる心が生まれたということは、もしや少しは考え始めたのかもしれぬぞ」

「何がです」

「妻を娶《めと》り、子を成すということじゃよ……」

「え……？」

ぽかんとする志津を見て、大樹はニヤリと笑ったものだ。

口には出さねど、今回の峡道場への綾の派遣には、先行きが短かい身に焦りを覚える、大樹ならではの意図《いと》が含まれていたのである。

とはいえ、綾はそのような大樹の深い意図など知る由《よし》もなく、久し振りに離れて暮らす兄の家へ遊びに行くような気楽さで、本所から三田への遠路もまるで苦にすることもなく、昼前になると峡道場を訪ね、小太郎の面倒を見てやった。

いつもは庄太夫が拵《こしら》える昼餉《ひるげ》も、綾が加わると干物と漬物の膳に、葱《ねぎ》に味噌《みそ》を塗って網焼きにした一品が添えられたりして、それだけで幸せな気分になる。

剣術の稽古が終わると、父・周蔵に代わって、道場と母屋の間にある門人の控え場で読み書きを教え、日が暮れ始めた頃に、周蔵と二人で食べる夕餉用にちょっとした弁当を携《たずさ》えて家まで送る。

竜蔵が留守の時は、自らが稽古着袴に着替え、木太刀をとって型を教えた。

さすがは藤川弥司郎右衛門の高弟・森原太兵衛の忘れ形見である。

女だてらに生意気の誹《そし》りを受けることなくそっと学んだ剣術は今も身についていて、六歳の子供を教えるに、竹中庄太夫よりも堂に入《い》っている。

髪を引っ詰めにし、真白き筒袖《つつそで》の稽古着を身につけた綾が道場に現れた時、留守居の庄太夫は、綾が剣術を使えることに驚いたが、それ以上に、

「まるで白鷺《しらさぎ》が舞い降りたかのような美しさでござった」

と感嘆したものである。

「綾坊が来てくれて大助かりだ。山本周蔵殿を出稽古の帰りに訪ねたら、もう恐縮しきりだったよ。いやあ綾坊は大したもんだな」

綾が通うようになって三日目のこと、小太郎と共に帰る綾を腕木門《うでぎ》まで見送って、竜蔵は手放しで綾を誉《ほ》めた。

「綾先生は、綾坊というのですか……」

小太郎は竜蔵の言葉を聞いて、つぶらな瞳《ひとみ》を見開いて綾を見た。

「綾坊ではありません。峡先生はわたしをからかって言っているのです。小太郎さんは人をからかうような武士になってはいけませんよ」

綾は少し顔をしかめて竜蔵を見た。

「でも、先生は、綾先生をからかっているようには見えません……」

首を傾《かし》げる小太郎の肩に竜蔵は手を置いて、

「うむ、そうだ。おれは綾先生をからかっているわけではないのだ。小太郎、女というものは思わぬところで怒るから気をつけろよ。はッ、はッ、はッ……」

と、高らかに笑い、小太郎は師の教えに真顔で頷いた。

「まあ、男同士はそうしてすぐに手を取り合うから困りものです」

少しふくれてさっさと歩き出す様子は、同じ藤川道場で兄妹のように育った竜蔵の目から見ると、やはり〝綾坊〟そのままなのである。

「まあ怒るな、待てよ……」

竜蔵は小太郎の手を引いて小走りに後を追う。竜蔵は小走りでも、小太郎は必死だ。負けじと懸命に駆けるその姿は何とも愛らしく、向こうからやって来たどこぞの隠居が思わず目を細めて、

「これはこれは、お父上様とお母上様と御一緒でよろしゅうございますな……」

何度も頷きながら通り過ぎた。

「お父上だと……」

「お母上ですって……」

竜蔵と綾は立ち止まって思わず顔を見合わせた。

にこっと笑う竜蔵のちょっと照れくさそうな顔が、綾の頬を赤くした。

このまま少しの間、黙って一緒に歩いてくれたなら、頬の火照《ほて》りを胸のときめきに変えて帰ることができるのに……。

「わァッ、はッ、はッ、綾坊、お前いきなり綾婆《ば》ァになっちまったな。こいつはいいや。はッ、はッ、はッ……。おい、待てよ、お前は洒落《しやれ》のわからねえ奴だな……」

子供じみたおもしろくもない洒落をとばして笑い転げる竜蔵に、すっかり興醒《きようざ》めをさせられて、綾は怒ることとさえ馬鹿馬鹿しく、無言で小太郎の手を取って走り去ったのである。

二

そのようなことがあったものの、他人の子を鎹《かすがい》というのも妙ではあるが、綾は相変わらず本所から小太郎かわいさに通ってきたし、峡道場の四十男・竹中庄太夫、目明《めあ》かし網結《あみすき》の半次は、近頃幼子に縁がなく、珍しさも手伝って小太郎を構いたくてしょうがない。

むさ苦しい峡道場は、綾と小太郎の存在で何やら一面に華が咲いたようであった。

小さな体にぷくりとした頬、ぱっちりとした目に、丸くて小さな鼻……。小太郎の一挙一動が頬笑ましく、真剣な顔をして木太刀を振る姿を見ていると、思わず声援を送りたくなるのである。

「庄さん、小太郎てのは、何だか知らねえけど、やたらと人を引きつけやがるな……」

道場師範である竜蔵は、小太郎が入門してから五日目に、峡道場の執政を気取る庄太夫に嘆息した。

昨日くらいから、峡道場の武者窓にちらほらと外から中を窺《うかが》う人の顔が見え始めた。それが今日は、何とか中の様子を見てやろうという見物人で溢《あふ》れている。

皆一様に、小さな剣士の愛らしい稽古姿を一目見ようとやってきているのである。

峡竜蔵の切れ味抜群にして、軍神が舞い降りたかのような真剣による型よりも、六歳の小太郎の頼りない太刀捌《たちさば》きを見にくるとは、何とも間の抜けた話ではあるが。

「山本小太郎には、ただ愛らしいというだけではなくて、何やら哀愁のようなものが漂っているのでしょうな」

庄太夫が見るところ、その哀愁は、母の温《ぬく》もりを知らぬ小太郎の人懐っこさにある。

実際この五日の間に、綾に懐くことこの上なく、何かというと、

「綾先生……」

と、小太郎は綾の姿を捜した。綾に見たこともない母親への憧憬を抱いているのであろうその様子は、見ている者の胸をぎゅっと締めつける。
小太郎の右の手首には痛々しい火傷《やけど》の跡があるのだが、それを父親の周蔵に問うと、まだよちよち歩きの頃、少し目を離した隙《すき》に誤って、焼け火箸《ひばし》に触れてしまったそうな。

「母うえが、生きていてくだされば、わたしはやけどなどしなかったかもしれませんね……」

時折火傷の跡を見ながらそんな言葉を口にする小太郎が真《まこと》に不憫《ふびん》であると、周蔵はつくづくとやり切れぬ表情を浮かべたものだ。

そのような事情を聞くにつけ、綾は複雑な気持ちになる。

写本が仕上がるまでの間、周蔵が仕事に没頭できるようにと、綾は小太郎の面倒を見ているのである。

やがてまた、出村町の学問所の手伝いをする暮らしに戻らねばならないのだ。

それ故《ゆえ》に、自分が来たことで、小太郎に母性というものを徒《いたずら》に感じさせてしまったようで、それが果してよかったのであろうか——。

だが、たとえ短かい間にしろ、小太郎に温もりを与えてやることができたのならば、来た甲斐《かい》があったというべきではないのか——。

いずれにせよ別れは辛《つら》くなるであろう。

そんな想いで綾は道場の控え場からそっと稽古を窺い、この五日目を迎えていたのである。

昼が過ぎ、見物人達の姿も見えなくなった頃に、峡道場に思わぬ来客があった。

箱崎《はこざき》の米造《よねぞう》という目明かしである。

米造は濱町から旧吉原の松島町、北日本橋界隈《かいわい》を縄張りとしている。峡道場の門人である網結の半次と同じ年恰好《かっこう》で、引き締まった体つきと、鋭い目の輝きを見るに、こちらもなかなか腕っ扱《こ》きのようである。

「箱崎の……。こいつはいってえどういう風の吹き回しだい」

半次は出入りの向こうで畏《かしこ》まる米造を見つけ竜蔵に許しを得ると稽古を中断して声をかけた。

「網結の、やっているじゃねえか……」

米造は、見所《けんじょ》に居て庄太夫、新吾、小太郎の型の動きを眺めている竜蔵にぺこぺこと頭を下げて、さも感心したように言った。

「いや、お前さんがやっとうの稽古を始めたって聞いてよう。こいつはおれも負けちゃあいられねえ、一度様子を見てみようと思ったんだが、いやいや、おれには到底無理だ。お前さんは大したもんだな」

「よしてくれよ。そう言われると気恥ずかしいぜ……」

今、半次は、道場に居る間は着ているようにと竜蔵が用意してくれた、紺木棉《もめん》の筒袖に袴を身につけている。

その姿を同業の者に見られるのはどうも照れくさかった。

半次は早く帰ってくれと言いたかったが、また何時《いつ》お上の御用で米造の世話になるやもしれぬ故に、言い辛い。

米造はというと、すっかり道場に興をそそられたようで、のこのこといきなりやって来たお詫《わ》びがしたいと言って竜蔵に挨拶《あいさつ》をすると、

「峡先生のお噂《うわさ》は伺っておりますでございます。へい、ついでと言っちゃあ何でございますが、刀の握り方なんぞ教えてやっちゃあ貰《もら》えませんでしょうかねえ……」

と、恐縮しながらも言いたいことは相手に伝える――御用聞き独特の言い回しで竜蔵に願った。

「それくらいのことはお易い御用だ……」

半次の知り合いの目明かしならば是非もないと、こういうところ気の好い竜蔵は、小太郎の隣に立たせて、木太刀の構え方を教えてやった。

「はあ〜ッ、構えるだけでも難しゅうございますねえ……。こちらはまたお小さいのに上手に構えなすって……、ヘッ、ヘッ、あっしにも教えておくんなさいまし……」

米造は無邪気に喜んで、隣にいる小太郎にも教授を願う。幼子が誉められて嬉《うれ》しからぬはずがない。

「こう構えるのです……」

小太郎は少し得意になって手許《てもと》を見せる。

「そうだ小太郎、好くなったぞ」

竜蔵も手放しで喜ぶうちに、

「いや、こいつはすっかりお邪魔をしてしまいました。網結の、何か手伝うことがあったらいつでも声をかけてくんな。お前さんとは一度ゆっくりと一杯やってみたいと前々から思っていたのさ。そんなら、どちらさまも御免なすって……」

米造は道場中に愛敬《あいきよう》をふりまきながら、慌しく去っていった。

「忙しい男だな……」

竜蔵は笑ったが、

「あの親分とは昵懇《じっこん》にしているのかな……」

と、半次に尋ねる庄太夫に笑顔はなかった。

調子は好いが、心の奥底には何やら黒く濁った泥の溜《たま》りがあるような――。

目明かしなどというものは皆、そのような裏を抱えているから務まるのかもしれないが、庄太夫は小柄で痩身《そうしん》、蚊蜻蛉《かとんぼ》のような風貌《ふうぼう》ゆえに、思わぬ人のそしりを受けたり、苛《いじ》められたりすることがあった。そのことが彼に身を守る直感力を与えてくれたのであろうか、人を見る目は鋭い。

「昵懇なんて、とんでもねえ……」

案に違《たが》わず、半次は軽く舌打ちをした。

「まったくお騒がせして申し訳ありやせんでした」

半次が言うには、目明かしにも人助けに生き甲斐を見出《みいだ》す者もいれば、十手《じって》にものを言わせて己の欲得に生きる者もいる。

米造はまさしく十手にものを言わせる方で、日頃、快よく思っていない仲間内も多いらしい。

「大方、どこかで若の噂を聞きつけて、何かのネタにしようと見に来やがったんでしょう」

半次は小太郎を若と呼んでいる。

「まあいいじゃねえか、それだけ小太郎を見たかったんだろうよ」

竜蔵はまったく意に介さず、新吾と二人、大人の話には耳貸さずに木太刀を振っている小太郎ばかりを見ていた。

だが、今日の箱崎の米造の来訪は、網結の半次さえも想像のつかぬ、ある意味合を含んでいたのであった。


峡道場を出た箱崎の米造は、東海道を北へ、日本橋の手前を江戸橋へ出て、これを渡るとさらに荒布《あらめ》橋、思案橋を経て、小網町二丁目にある、〝水谷《みずたに》〟という料理茶屋へと入って行った。

この辺りは日本橋川の岸に船積問屋が立ち並んでいて、大いに活況を呈しているのだが、ここ〝水谷〟は河岸《かし》の裏手の稲荷《いなり》社の傍にある、黒板塀《くろいたべい》で囲まれた趣《おもむき》のある店構えで、周囲の喧騒《けんそう》がうそのように静かだ。

「ああ、親分、女将《おかみ》さんがお待ち兼ねでございますよ」

出入りの前栽《せんざい》を抜けると、年配の仲居が静かに出迎えた。

そこから奥庭を通って女将の住まいへと向かう。

大きな店構えである。やっと勝手口に辿《たど》り着くと、入ったところの八畳の間に〝水谷〟の女将・おはまがいた。

歳の頃は二十五、六であろうか。

丸みを帯びた体つきは肉置《ししお》きが豊かで、ふっくらとした顔に大きな目と小さな鼻が程よく収まり、少し厚めの唇と相《あい》まって、どこか男好きのする風情である。

めいせんの着物を着こなす落ち着いた姿は、年齢《とし》よりもおはまをしっかりと見せていた。

「御免なすって下さいまし……」

戸口で畏まって見せる米造を迎えるおはまの姿勢は女将の貫禄《かんろく》を湛《たた》えていて、なかなか堂に入ったものである。

「お世話をかけました……。それで、子供の様子は……」

落ち着き払って言った言葉は、それでも少し震えていた。

余程待ちかねていたと見える。

「へい、十中八九、間違いはねえと……」

「ああ……」

その言葉を聞いた途端、おはまは少し前のめりになって、大きな息を吐いた。

米造は後手《うしろで》に戸を閉めると、少しにじり寄って、

「右の手首に焼け火箸でついたような火傷の跡がはっきりと……」

「名は何と……」

「小太郎と言います。父親は山本周蔵という浪人で、確かに五年前までは駿府に住んでいたとか……」

「小太郎……お武家様の子ですか……」

「武家といっても、明日の方便《たつき》もままならねえ食い詰め浪人ですよ」

米造はそう言うと、心ここにない様子となったおはまの顔をじっと見て、

「顔を確かめればすぐにそれとわかって頂けますすよ」

ニヤリと笑ったその時、

「女将さん、熊三《くまぞう》でごぜえやす！　箱崎の兄ィが来ていると聞いて、やって参りやした……」

部屋の外から叫ぶような野太い声がやかましく聞こえてきた。

三

山本周蔵が、今日にも写本を書きあげようかという日。

竜蔵は朝の稽古が終わると、

「よし、今日はこれまでだ。昼からは綾先生に、芝の神明に遊びに連れていってもらいな」

と、小太郎に命じた。

「遊びに行ってもいいのですか……」

小太郎はきょとんとした顔をしたが、

「たまにはいいんだよ。綾先生ともしばらくまた会えぬかもしれぬしな」

竜蔵はそう言って、にこっと綾に頬笑んだ。

人の気も知らずに、無粋《ぶすい》極まりないことを平気で言いたてて馬鹿笑いをしているかと思うと、このような粋《いき》なはからいをする——。

——本当に不思議な人。

綾は苦笑いを隠せなかった。

「いいか、小太郎、せっかく江戸へ出て来たんだ。色んな所へ出かけて町を知るのも大事なことだ。それに、お前と同じくらいの子供と一緒に遊ぶこともまた大事だ。これから先、遊んでこいとおれが言ったら、剣術の稽古と同じくらい遊んできな……」

竜蔵は力強く小太郎に言った。

「はいッ！」

小太郎は大きな声で返事をした。

横手でそのやり取りを見ている庄太夫が満足そうに頷いている。

恐らく今の訓示の言葉の半分以上は庄太夫の知恵なのであろう。

「綾坊、すまぬがそうしてやっておくれ。毎日のように本所から通うのは大変だったろう、また、爺様とお袋殿のことを頼んだぜ」

そして竜蔵はお決まりの片手拝みを見せた。

どうせ中原大樹が孫の様子を見てきてくれと意を含んで綾を寄こしたのであろうが、ここにかかずらっていずに、自分のすべきことに戻ってくれ。小太郎にはまた会いに来てやってくれたらいいのだから……。

竜蔵は言外にその言葉を込めている。

乱暴者で朴念仁《ぼくねんじん》の兄と久し振りに会ったら随分と大人になっていた。綾はそんな想いで、小太郎との別れを惜しむ感傷を吹きとばしてくれた竜蔵に感謝しつつ、小太郎を連れて芝神明宮に出かけた。

道場から程近いこの神宮の門前町は、江戸でも有数の繁華な所で、境内には楊弓《ようきゅう》、吹矢、見世物小屋、茶店があり、この日も大賑《にぎ》わいを見せていた。

まだ江戸に馴染《なじみ》のない小太郎にとっては、見る物すべてが珍しく、その賑わいに圧倒されて、大きな目は開きっぱなしであった。

見世物小屋の〝濱清〟には、竜蔵を慕う安という若い衆がいて、既に綾とも何度か顔を合わせたことがあるから、

「どうぞ覗いてやっておくんなさいまし」

と、木戸御免で入れてくれたし、

「この若さまが噂の小太郎さんでやすね」

と、既に小太郎の噂を聞き及んでいて、あれこれ構ってくれたから、

「峡先生はやはりえらい人なのですね……」

小太郎は感心することしきりであった。

綾はというと、

「本当はお侍が芝居小屋などに入ってはいけないのですよ。今日は格別ということで……」

などと小声で諭《さと》して、〝綾先生〟の面目を保ったが、そこいら中に竜蔵の温もりを覚えて、ちょっと胸が熱くなったりした。

とにかく小太郎は楽しそうであった。

境内で母子連れを見かける度に、傍の綾を見上げる。

小太郎の目には、通り過ぎるどの母親達よりも、下から見上げる綾の耳から顎《あご》にかけての白くほっそりとした曲線は美しく映った。

自分には母親はいないが、こんなに美しくて頭の好い人がついていてくれるのだ。

それを誇りたい思いなのであろう。

自分自身、母親に早く死に別れた綾は、母親の顔も知らぬ小太郎の胸中を慮《おもんぱか》ると、何ひとつ寂しい思いをさせぬよう、ことさらに世話を焼いてやりたくなるのである。

茶屋で甘い物などを食べて、一通り境内を楽しんでの帰り道。

「綾先生はもう来ないのですか……」

小太郎はぽつりと問うた。

「二度と来ないわけではありませんよ。ただ、小太郎さんも、お父上様が今のお仕事を終えられたら、お父上様からの手ほどきを受けねばなりません。山本周蔵様は立派な御方です。今のうちにしっかりと学んでおきなさい。わたしはいつでもまた道場に行きますから……」

綾はしっかりと小太郎に頷いた。そして自分に言い聞かせていた。

この子をかわいそうなどと思ってはいけない。どこかできっぱりと小太郎と距離をおかねばならぬことを。

話しつつ、将監橋《しょうげんばし》を渡り、すぐに西へ入った時である。数人の男達が綾と小太郎の前に立ち塞《ふさ》がった。

「ちょいとお待ちを……」

一見して堅気《かたぎ》とは思われぬ町の衆で、その中でも一際がたいが大きい兄貴格の男が進み出た。

「あっしは小網町の熊三という者でごぜえやすが、ちょいとお付き合いを願えませんかねえ……」

言葉遣いは丁寧だが、有無を言わさぬ凄《すご》みを利かせている。

「お付き合い？」

綾は己が不覚を恥じた。そういえば、道場を出た時から人の目を覚えていた。小太郎の愛らしさに立ち止まって見惚《みと》れる人のものだと気にもしなかったのだが、この辺は明き地の傍で人気《ひとけ》もなく、男達は声をかける間合を辛抱強く窺っていたと見える。

ふと小太郎を見ると、さすがに武士の子である。周蔵の教えを守っているのであろう。ただじっと前を見て微動だにしない。

綾はそれに安堵《あんど》して、

「どこへついて来いと言うのですか」

落ち着き払って、凜《りん》とした声で応《こた》えた。

「ヘッ、ヘッ、何もおかしな所に攫《さら》っていこうなどと思っちゃあおりやせんよ」

「ですから、どこへついて来いと言うのです」

綾とて、峡竜蔵を鍛えた剣客・森原太兵衛の娘である。まるで臆することなく熊三を睨《にら》みつけた。

「おっと、これはまた、見かけに似合わず気の短かいお人だ。思案橋の東詰に〝水谷〟という料理茶屋がありましてねえ。そこの女将さんが、その坊ちゃんに会いてえと言いなすっているんだ」

「料理茶屋の女将が……」

「行き先を告げた上からは、何が何でも来て頂きますよ……」

熊三は、意外や芯《しん》が強く、気丈な綾の様子に、さらに声を強めた。

「わたしはこの子を、父親から、剣術の御師匠からお預かりしている身です。見知らぬ所に連れて行っては、面目が立ちませぬ」

綾は一歩も引かぬ気構えを見せる。

「そいつはこっちも同じだ。もう長《なげ》えことその子を捜してきたんだ。連れ帰らねえと、この熊三の男が立たねえんだよう」

と、遂《つい》に脅しの口調となった。

「そんな脅しにのると思ったら大間違いです。理由を言いなさい！」

「理由？　母親が息子に会いてえと言っているんだ、文句があるかい！」

「母親……!?」

その言葉で小太郎の表情が歪《ゆが》んだ。

「わたしの母上は、わたしをうんですぐになくなりました！」

顔さえも覚えていない母親であるが、自分をこの世に送り出すために亡くなったと聞かされている、小太郎にとっては神聖な存在なのである。軽々しくその名を出されてよいはずはない。

小太郎の叫びは、意外な言葉に動揺した綾を瞬時に正気に戻らせた。

「話があるなら、そちらから筋を通して、出向いて参りなさい」

これ以上は問答無用と、綾は小太郎の手を引いてさっさと歩き出した。

「待たねえか！」

熊三の乾分《こぶん》が綾の腕を取った。

「無礼な……」

綾はその手を逆手に取って、これを捻《ね》じ上げ、どんと押した。

「痛《いて》ェ……、や、やりやがったな……」

女と侮《あなど》り反撃を喰らい、熊三達は逆上した。

男伊達《だて》で売る身にはこのままで終われない。さっと綾と小太郎を囲み、じりじりと輪を狭《せば》める。多少の武芸は身につけているが、勇み肌が五人相手となれば荷が重い、身には懐剣のひとつ帯びていなかった。

「おとなしくしな……！」

熊三達が一斉に綾の体を押さえ込もうとした時――飛来した小さな竹の切れ端が熊三の額を打った。

「だ、誰でい……！」

思わず額を押さえる熊三の足下《あしもと》に落ちたのは、玩具《おもちゃ》の竹笛であった。

投げたのは、子供相手に竹笛を売りながら、笛作りに励む、太一《たいち》という男である。

「手荒なことをするんじゃねえよ……」

太一は小走りに来て、熊三の乾分の一人をひょいと投げとばした。

「はッ、はッ、そういうおれが手荒なことをしてしまった……」

「野郎、なめやがって！」

熊三達は太一に矛先を転じた。しかし、この笛作りの太一——元は梶《かじ》派一刀流《いっとう》を修めた杉山又一郎《すぎやままたいちろう》という武士。主家であった福崎《ふくざき》家の内訌《ないこう》によって不運にも上意討ちの追手をさし向けられたのであるが、これを峡竜蔵に助けられ、今は武士を捨て、恋仲であった信乃《しの》と二人、仲良く笛作りに時を過ごしている。

そんな太一であるから、笛売りの幟《のぼり》の竿《さお》を手に持って、ひょいひょいと右に左に体を動かすだけでたちまち乾分共は、一人、二人と胴を突かれ、足を払われ悲鳴をあげることになる。

綾はこの間、小太郎を庇《かば》いつつ、明き地に落ちている手ごろな木の枝を手に摑《つか》み、

「えいッ」

とばかりに乾分の一人の首筋を打ちすえた。

「お、覚えてやがれ……」

堪《たま》らず熊三はその場を逃げ去った。

「お見事！　はッ、はッ、わたしが助けるまでもなかったですかな」

太一は綾の技を見て感嘆の声をあげた。

「いえ、危ないところをありがとうございました。太一さんでいらっしゃいますね」

「え？」

「峡竜蔵先生からお噂は……」

これ程強い笛売りは太一に違いないと綾はすぐに気がついたのだ。

「ああ、そうでしたか……。なる程、この人が噂の小太郎さんか……」

綾のことは知らずとも、小太郎の噂は太一の耳にまで届いていたようだ。

「とにかく、道場までお送りしましょう」

強い太一が同道してくれることになって、小太郎の緊張もとれた。

「あんないかがわしい男の言った言葉など、忘れてしまえばいいのです」

綾が一笑に付して見せたので、小太郎は最早《もはや》何も気にしている様子はなかったが、

「母親が息子に会いてえと言っているんだ……」

熊三なる男が言ったこの言葉が、その実綾の心の内では、何とも気になって仕方なかった。

小太郎の母親は、みちと言って、駿府の地で死んだのではなかったのか。

さらに、小網町の〝水谷〟という料理茶屋の女将とは何者なのであろうか。この女将というのが本当の小太郎の母親であるとでもいうのであろうか。

冷たい風が砂塵《さじん》を吹きあげ、落葉を宙に舞わせた。

寒い冬の到来は小太郎の心を一層不安にする。綾はそっとその小さな肩に手をやり、

ての大きさが、何ともありがたかった。

今の綾にとっては、何も聞かず、とにかく峡道場へと送ってくれる、太一の男とし

何度も何度も頬笑んでやる。

四

「母親が息子に会いてえと言っているんだ……。その熊三って野郎はそうぬかしやがったんだな」

自室の居間で綾を前に竜蔵が唸《うな》った。傍には網結の半次が腕組みをしている。

峡道場に着くと、笛作り太一は、何かこみ入った様子があると見て、役に立てることがあればいつでも駆けつけるので、遠慮せずに申しつけてもらいたいと綾に言い置いて、自分はすぐにまた芝神明へと戻って行った。

綾は、小太郎を連れて道場へ入ると、

「おかしな連中に絡まれたところを、笛作りの太一さんに助けられましたよ」

それだけ言って、小太郎には聞かせたくない話があると、竜蔵にそっと告げた。

一瞬、絡まれたと聞いていきり立った竜蔵であるが、綾に囁《ささや》かれて、小太郎を新吾に託し、自室へ綾と網結の半次を伴い、入った。この間、竹中庄太夫は山本周蔵を呼

びに向かっている。

そして気になるのはやはり、熊三が放《はな》った件《くだん》の言葉であった。

「その〝水谷〟て店に殴りこみをかけてやろうか……」

少しは分別もついて、人への気遣いを見せられるようになったと思ったが、売られた喧嘩《けんか》はどこまでも買ってやる。なめられて堪るかという粗暴さはまるで変わっていない。

「わたしも小太郎さんも、何事もなく無事だったんだから、とにかく周蔵先生がお越しになってからの話にしましょう」

綾は苦笑いを浮かべつつ、なかなか腹の虫が収まらぬ竜蔵を何度も宥《なだ》めた。

そのうちに山本周蔵がやって来た。

道中、迎えに行った庄太夫に大凡《おおよそ》の成り行きを聞かされていた周蔵の顔は、写本での疲れと重なり、まるで色がなかった。

「真に忝のうございました……」

恭々《うやうや》しく綾に頭を下げる周蔵に、

「御礼なら、笛作りの太一さんに言ってあげて下さい」

綾は温かな笑顔を向けて、小太郎に聞かれてはいけないこともあろうと思い、ここへ来てもらったが、今度のことに心あたりはあるのかと尋ねた。

「さあ、それは……」

周蔵は口ごもったが、眉間《みけん》にたった皺に刻まれた険が、彼にとっての事の重大さを物語っている。

「山本先生……」

今は竜蔵と周蔵、互いを先生と呼び合う仲となっている。

「色々と言いたくないこともあるでしょうが、今度のことは穏やかではない。ここに居る者は皆、先生の味方だ。思い当ることがあるなら、正直に話してはもらえませぬか……」

竜蔵は、荒くれた気持ちを抑え、低い声で言った。

周蔵は少しの間沈黙した後、ゆっくりと頷いた。竜蔵もそれに頷き返して、

「話を聞く限りでは、どうも〝水谷〟という料理屋の女将が、小太郎の母親だと言っているようだが、山本先生の存じよりの者なのですか」

と尋ねた。

「〝水谷〟という料理屋も、その女将も存じませせぬ……」

その言葉に一同は少しほっとして、

「なら、これは何かの言いがかりだな」

と、竜蔵は綾を見たが、

「しかし、その〝水谷〟の女将という者が、小太郎の母親でないとは言いきれぬのです……」

周蔵は沈痛な表情で頭《こうべ》をたれた。

「小太郎は、捨て子であったのです……」

たちまち一同の顔は驚きに変わった。

「エイッ、ヤアッ……！」

道場から小太郎の勇ましく、愛らしいかけ声が響いてきた。


山本周蔵は、妻のみちは小太郎を産んだものの産後の肥立ちが悪く、程なく死んでしまったと竜蔵に言った。

「しかし、みちが産んだその子は死産でした……。間もなくみちも空《むな》しくなり、わたしは一度に妻子を失った悲しみをまぎらそうと、一人で江戸へ旅発《たびだ》ちました。穏やかな秋の朝でした。伝馬町《てんま》を抜けて、街道にさしかかった時、地蔵堂の方から赤児《あかご》の泣き声がするのでふっと覗いてみたら、御堂の中に赤児がぽつりと置きざりにされていたのです……」

赤児は紺と白との麻《あさ》の葉《は》柄《がら》の産着《うぶぎ》に包《くる》まれていた。

「よし、よし、泣くでないぞ……」

と、抱き上げてみれば首もすわっていて、すぐに泣きやんだ。

右の手首に赤い火傷の線が一本はしっている。周蔵は愛《いと》おしくなり思わず抱き締めると、赤児はにこりと笑った。

「辺りを見回しても誰もいない。これはきっと天がわたしに、死んだ子供の替りを与えてくれたのだと思いました。それから近くの茶屋へ寄って、あれこれと店の年寄りに赤児に要る物を調えてもらって、その子を連れて旅に出ました。わたしはその子を小太郎と名付けました」

自分だけを頼りに、泣いたり笑ったり……。

赤児の小太郎を見ていると、周蔵を襲う孤独や哀《かな》しみなどはすぐに吹きとんだ。

どの宿場へ行っても赤児連れの周蔵に、人々は優しかった。

そうして、江戸への旅を進めたが、小田原で小太郎が高熱を出した。

幸いにも命をとりとめたが、周蔵の人柄を気に入った旅籠《はたご》の主人が、こんな赤児を連れて旅を続けるのは大変であろう。宿場の子供達相手に手習い師匠などして、小田原に落ち着いたらどうかと勧めてくれた。

それから五年――宿場の人々に引き止められたが、周蔵が江戸で立派な国学者として、人に名を知られるようになることが、亡きみちの望みであった。

そのみちの想いだけは何としても叶えたく、六歳にしてはしっかりとしてきた小太郎の先行きにも夢を託し、周蔵は子連れで江戸へ出てきたのである。

「とはいえ、小太郎には血のつながった親がどこかに居る。それが子を捨てたことを悔やんで、今頃は捜し回っているのではないか……。そんなやりきれぬ想いになることもしばしばありました。近頃では、もうそのようなこともあるまいと高を括《くく》っていたのですが……。恐らく、その〝水谷〟という料理茶屋の女将というのが、小太郎の生みの親なのでしょう」

話し終えた周蔵の表情は苦渋に充ちていた。

竜蔵の居間には重苦しい気が漂っていた。

「駿府で子を捨てた母親が、江戸へ出て料理茶屋の女将に収まった。そうすると、捨ててしまった我が子のことが気になって仕方がない……。それで行方《ゆくえ》を求めたというところなのでしょうな」

庄太夫が推察した。

しかし、どうやって雲を摑むような人捜しができたのであろうか――。

首を傾げる一同の中で、

「そうか……。箱崎の米造が動いていやがったか……」

網結の半次が膝《ひざ》を打った。

「思案橋東詰の料理茶屋……、小網町の熊三……。あの辺りはき奴《やつ》の縄張りでさあ。何かの手蔓《てづる》を引き寄せて、うちの若に目星をつけ、右の手首の火傷の跡を探りにきやがったのに違いありやせん」

箱崎の米造の腕をもってすれば、無理なことでもないだろうと半次は見た。

米造は、小網町界隈で船人足《にんそく》の仕切りをしている荒くれに顔が利く。

「熊三って野郎は、米造の弟分か乾分だかで、若が綾さんと二人、道場を離れたのをこれ幸いと、しゃしゃり出て来たってところでしょう」

半次がこの道場にいることを幸いに、米造はいかにも馴れ馴れしく訪ねて来て、木太刀の構えを学ぶふりをして、小太郎の火傷の跡を確かめたに違いない。

だが、そこからのことは熊三にさせて、自分は表に出てこない。

半次は自分が弟子入りしている道場を土足で踏み荒され、だし抜かれたような心地がして、何とも気分が悪かった。

同業だけに尚更《なおさら》だ。

「さぞかし、〝水谷〟という料理茶屋は、店の構えも大きいものなのでござろうな……」

周蔵はぽつりと呟《つぶや》くように言った。

「だからどうなのです……」

竜蔵が口を開いた。

「山本先生は、もしや小太郎を手放すつもりではないでしょうね。それはいけませんよ」

周蔵の眉間の皺がさらに深くなった。

「だいたい、我が子を捨てておいて、手前に金ができた途端に惜しくなるとは都合がよすぎるぜ。血の繋《つな》がりがあろうがなかろうが、小太郎は先生の子だ。四の五の吐《ぬ》かしやがったらおれが黙っちゃいねえ。下らねえ破落戸《ごろつき》を使って攫っていこうなんざ、とんでもねえ奴らだ。太一《たい》さんが通りかかったからよかったものの、もう少しで綾坊ごと連れて行かれるところだったんだ。とにかく山本先生、おれが明日〝水谷〟に乗り込んで落とし前をつけてきますよ」

竜蔵の口調は興奮のために、どんどんと伝法《でんぽう》なものになっていく。

それでも竜蔵の憤《いきどお》りは、この場にいる全員が覚えていて、たとえ生みの親が現れたからとて、周蔵が小太郎を相手に戻す必要などあるわけがない。いつか話せる日が来るまでは、何としても小太郎にはこのことを告げぬまま今は事を済ましてしまうべきだという意見で一致した。

その熱い想いが、江戸へ出て来てまだ日が浅く、頼る人といって見当らない山本周蔵の気持ちを随分と楽にしてくれた。誰かに打ち明けたくてうずうずとしていた、心の深みの屈託が爽やかに晴れ渡っていく心地がしたのである。

「忝い……」

周蔵が発する礼の言葉は、涙の声で震えていた。

物心つかぬ頃に、親から捨てられた子と、妻子を一度に失い絶望の淵《ふち》に沈んだ男が紡《つむ》ぐ親子の絆――それが二人の命を今日まで長らえてきたのだ。

周蔵にとって小太郎は、何物にも替え難い宝なのである。

不穏なことがあっただけに、竜蔵は山本親子と綾にこのままここに泊まるように勧めた。

本所出村町の方へは半次が報《しら》せ、小太郎と共に道場に居てわけを知らぬ神森新吾には庄太夫が耳打ちし、新吾は明日竜蔵が小網町へ乗り込む間、道場に助っ人を寄こしてもらうよう、香具師《やし》の元締・浜の清兵衛の許に竜蔵の遣いとして向かった。

その夜、竜蔵、綾、庄太夫、周蔵、小太郎は居間で共に夕餉を取った。

料理といっても行商から仕入れた豆腐と油揚げに有り合せの野菜で拵える、大根の煮付や餡掛《あんかけ》豆腐くらいのものであったが、綾の手にかかると、使う鉢の色合や形と、料理の取り合せに趣があり、何とも食事に深まりが出る。

峡先生も、綾先生も、庄太夫の小父《おじ》様も一緒の夕餉に小太郎は無邪気にはしゃいだ。

「峡先生、竹中殿……。神や仏は気まぐれでござりまするな……」

やがて夜も更け、居間の隣室で綾は小太郎を寝かしつけ、男三人は言葉少なに酒を酌み交わし、周蔵はしみじみと言った。

「わたしにかくも素晴らしい人との出会いを与えて下さるなら、どうして罪も無き優しい妻をあんなに早く死なせてしまうのです」

「う〜む……」

やはり学者を目指す者は難しいことを言う……。竜蔵は答えが出ずに庄太夫を見た。

「山本先生の御妻女が早く天に召されたことには、神仏しかわからぬ何か理由があるのでしょうな」

庄太夫が竜蔵に替わって応えた。

「神仏しかわからぬ理由か……」

「ひとつだけ言えることは、神仏は人間を早く天に召すことを、悪いことだと思っていないということです」

「なる程、神仏にしてみれば人間の世界に居るよりその方がむしろ幸せではないかと……」

周蔵の表情に赤みがさした。今の答で酒の酔いが心地よく回ってきたのであろう。

庄太夫はにこやかに頷くと、周蔵に酒を注《つ》いでやった。

竜蔵はふっと笑った。庄太夫はどんな問いにも答を持っている……。

感心していると、小太郎の寝息が微《かす》かに聞こえてきた。

――心配するな小太郎、お前を捨てた薄情な母親の許へなどやるものか。

決意と共に、竜蔵はぐっと酒を飲み干した。

翌朝。

早くから神森新吾が道場へやって来て、今日は師の峡竜蔵の供をして、噂の〝水谷〟へ自らも乗り込むつもりで意気ごんだ。

その新吾から、竜蔵からの道場への助っ人の要請を受けた浜の清兵衛も、笛作り太一と安を始め使える若い衆を自らが引き連れてやって来た。

山本親子の秘事に関わることなので、何も聞かずに、ただ、道場を守りに来て貰いたいという竜蔵からの言葉に、二ツ返事で元締が朝早くから駆け付けるとは、清兵衛の竜蔵への肩入れの度合が半端でないことがわかる。

清兵衛達の登場に、抱きつかんばかりで迎えた竜蔵に、

「旦那、いや先生……、今日はやっとうの手ほどきを受けに参りやした。先生が御留守の間は、教えて頂いた通りに木太刀を振っておりやしょう」

清兵衛は照れくさそうに笑って、太一、安達と共に道場に上がった。

さらに網結の半次がやって来て、竜蔵に早速あれこれ調べてきたことを報せた。

やはり見た通り、小網町の熊三は、表向き船人足の仕切りをしているやくざ者で、箱崎の米造とは兄弟分の仲だそうだ。

料理茶屋〝水谷〟には、米造との繋がりを背景に、若いひとり身の女将・おはまに、ちょっとした揉《も》め事を収めてやったりしながら取り入っていることがわかった。

「箱崎の米造は、表向き関わりのねえ顔をしておりやすが、どこで誰に取り入っているやもしれません。どうぞお気をつけなすって……」

「何、こっちは間違っているわけじゃねえ。米造がどれだけ強《つえ》え奴らと繋がっているか知らねえが、そんなものを恐《こわ》がるおれじゃあねえや。親分、いつもありがとうよ」

竜蔵は何時《いつ》に変わらぬ半次の、労を惜しまぬ働きぶりを賛《たた》えつつ、竹中庄太夫、神森新吾を従えて道場を出た。

「行ってらっしゃいませ……」

道場の出入りの縁で小太郎が竜蔵の行き先も知らず、健気《けなげ》に見送った。

その横には父・周蔵と綾が居て、小太郎は嬉しそうである。

「小太郎、しっかりと稽古しているところをお父上にお見せしろよ」

竜蔵は小太郎の肩に手をやって、まず話をしてくるから安心してくれと周蔵に目で語り、冠木門《かぶき》を潜《くぐ》ったのであるが――。

外へと出た所で、柳の蔭に一人の女の姿を見た。

一見すると商家の内儀風であるが、どこか粋筋《いきすじ》の水に洗われた風情を醸している。

少し前から表に居て、そっと中の様子を窺っていたようだ。

女は竜蔵の姿を認めると、意を決したように傍へと歩み寄って来た。

竜蔵、庄太夫、新吾はこれを怪訝《けげん》に見つめる。

「不躾《ぶしつけ》ではございますが、こちらの先生でいらっしゃいますか」

小腰を屈《かが》めて控え目に物言う姿に、灰汁《あく》の強さは無かった。

「峡竜蔵です。何か御用か……」

こういう相手には優しく接するのが竜蔵である。

「わたくしは、小網町の料理茶屋〝水谷〟のおはまと申します……」

「〝水谷〟の……」

頭に思い描いていた因業狡猾《いんごうこうかつ》な女とはまるで違っていた。祈るような潤んだ瞳を向けてくるおはまに意表を突かれ、竜蔵はしばしたじろいだ。

五

竜蔵はひとまずおはまを母屋の自室へ通し、庄太夫と二人で応対した。

その隣室には山本周蔵と綾を控えさせ、新吾は道場で小太郎を教え、笛作りの太一は、杉山又一郎に戻って、浜の清兵衛、安達に剣術を手ほどきしながら、いざという時に備えた。

「大変御無礼を致しました……」

おはまは、綾にくれぐれもよろしく伝えて下さるようにと手をついて詫び、持参した菓子折を差し出した。

その挙措動作にもまるで嫌味はなかったが、騙《だま》されるものかという気負いが竜蔵にはある。

「何様か知らねえが、他人様《ひと》が連れている子供を無理に連れて来さそうとは、お前さんいってえどういう料簡だい」

と、厳しい言葉を投げかけた。

おはまはただただ平身低頭の様子で、

「言い訳になるとは存じますが、あれはわたしが頼んだことではないのです。わたしがここをお訪ねするかどうか迷っているのを見て、熊三さんが気を利かそうとしたのです。話を聞いて、とんでもないことをしてくれたと、こうして一人で参った次第で……」

いかにも申し訳なかったという姿勢を見せる。

「まあ、料理茶屋を女一人で切り盛りするとなりゃあ、処《ところ》で睨みを利かす連中との付き合いも仕方がねえことかもしれぬ。その野郎が先走ったというなら、そういうことにしておこう」

「ありがとうございます……」

「だが聞き捨てならねえことがひとつある。お前さんが小太郎の母親だと、あの熊三って野郎が吐かしやがったようだが、こいつはいってえどういう理由《わけ》だ」

「それは……」

「おれは小太郎を預かる剣の師だ。この上は何もかも話してもらおう」

「畏まりました……。初めから聞いて頂きましょう」

おはまの顔がぐっと引き締まった。


おはまはかつて駿府弥勒《みろく》町で旅籠の女中をしていた。

父親は下駄職人であったが、おはまが十四の時に病歿《びょうぼつ》し、既に幼ない時に母親とも死に別れていたおはまは身寄りもなく、近所の旅籠の夫婦のはからいで女中奉公をすることになったのである。

それが十九の頃、おはまは思わぬ誤ちを犯してしまう。旅籠に泊まった旅役者の一人と情を通じてしまったのだ。

役者という者に憧《あこが》れ、その美しい容姿にも惹《ひ》かれ、あれこれ構ったのがいけなかった。

ある夜、半ば強引に布団部屋に連れこまれてしまったのである。

そして、旅役者が再び旅発って後、腹に子を宿したことを知り、おはまは途方に暮れた。

旅籠夫婦はそういうしだらの無いことを毛嫌いする性質で、親身になってくれていただけに打ち明けることもできなかった。

しかし、いずれ分かることである。このまま死んでしまいたいと思いつめていたところに、金谷《かなや》の宿《しゅく》で指物《さしもの》師の修業をして、戻って来た幼馴染の政吉《せいきち》と再会した。

政吉は子供の頃からおはまのことが好きで、自分の女房になってくれないかと、おはまにそっと告げた。

おはまは涙ながらに、腹の子のことを話すと、政吉はそれこそ天からの授かり物だ。自分が育てようではないかと言ってくれた。

おはまはその言葉に偽りはないと信じ、晴れて政吉と所帯を持ち、二人は駿府の東方伝馬町に移り住んだ。

政吉は指物の腕も好く優しい男であったが、何かと物事を考え込む性質で、それを紛らそうとして飲む酒の癖が悪かった。

そのうち、〝天からの授かり物〟と喜んだ、おはまの腹の子が、おはまを孕《はら》ませた男への嫉妬《しっと》となって噴出するようになり、おはまの腹が大きくなるにつれ不機嫌になった。

そして酒を飲んで忘れようとするが、飲むうちにあらぬ妄想にとりつかれ、おはまに手をあげるようになった。

それは生まれたばかりの子供にまで向けられるようになり、ある時などは泣き声がうるさいと言って、子供の右の手首に焼け火箸を押しつけ大火傷を負わせるまでになった。

酔いから醒めると、また人の好い男に戻るのではあるが、結局はまた酒を飲み乱暴が始まり、暴れ出すと手が付けられなくなるのだ。

ある秋の日の夜明けのこと。

朝まで酔い潰《つぶ》れていた政吉が、

「ガキの泣き声がうるせえんだ！　ぶっ殺してやる……」

と、包丁を持ち出して、子供を抱いて逃げるおはまを追いかけ回した。

おはまは必死の想いで政吉の目を掠《かす》め、地蔵堂の中に、紺と白の麻の葉柄の産着に包んだ我が子を、そっと隠しておいて、自分は囮《おとり》となって包丁を引っ提げて町を歩く政吉を引きつけて、町の番所まで連れ出した。

「おはま……。お前はおれをはめやがったな！」

慌てて政吉を取り押さえにかかった番人と町の若い衆との間で、政吉は大立ち廻《まわ》りを演じ、遂には揉み合ううちに己が腹を刺して、死んでしまった。

大騒ぎの中、おはまがやっとのことで地蔵堂へと行ってみれば子供はいなかった。

捨て子と思った誰かに連れて行かれたのであろう。何という間の悪いことをしてしまったことかと、おはまは子供の行方を求めた。すると、街道筋の茶屋に旅の武士が麻の葉の産着を着せた赤児を連れて立ち寄ったことがわかった。

茶屋の主人が言うには、旅の武士は江戸へ出て国学をもって身を立てる――それがこの子を産んですぐに死んだ妻の望みであったと言って東へ向かったとか。

おはまはそれからすぐに江戸へ旅に出た。

といっても女の独り旅は容易ではない。あれこれ手間取っているうちに子供の行方は杳《よう》として知れなくなった。

それでも、江戸へ出て我が子と同じ歳の子を持つ国学者を探せば、いつか見つかるかもしれないと、やっとのことで江戸へ出た後は、料理茶屋の仲居を務める傍らで我が子の行方を追い求めたのである。

料理茶屋は、女将一人が切り盛りする店で、その女将はおはまの境遇を気の毒がり、そして身を粉《こ》にして働くおはまを大いに気に入り、継がす子とて無い身のことと、病に倒れた後、店をおはまに譲って一年前に亡くなった。

辛い浮き世を渡って、余の女達よりも年齢以上にしっかりとしたおはまであったが、二十半ばの若さで独身となれば、それを侮り〝水谷〟の身代《しんだい》を狙《ねら》って言い寄る男も多かった。

有相無相《うそうむそう》の男共から先代女将に託された店と我が身を守るためには、処の目明かしとの付き合いが求められた。

箱崎の米造はどことなく胡散臭《うさんくさ》さはあるものの、先代・女将からの付き合いで、どんな揉め事や難儀も万事そつなく収めてくれるので、おはまもつい気を許して、生き別れになっている子供のことを相談したのである。

そこは腕っ扱きの米造のこと、小田原からつい先頃、江戸へ出て来た学者と子供の親子がいることを耳にして、小田原には、日頃〝水谷〟に出入りしている弟分の熊三を行かせて、裏を取った。

やくざ者の熊三を店に出入りさせることは憚《はばか》られたが、背に腹は換えられなかったのだ。

「御無礼を致しましたが山本周蔵様のお子様こそ、わたしの産んだ卯吉《うきち》ではないかと、そう思ったのでございます」

おはまはこの五年間の激動を語り終え、さすがに辛くなったのか目頭を熱くして、頭《こうべ》を垂れた。

話を聞く竜蔵と庄太夫は絶句した。昨日、山本周蔵から聞いた話と見事に一致する上に、捨てられたと思った小太郎にそのような曰《いわ》くがあったとは――。ましてや、今目の前で萎《しお》れているこの女将に、どうして厳しい言葉をかけられようか……。

今さらながらおはまの顔をじっくり見ると、大きな目も、小振りの鼻も、丸味を帯びた輪郭も、小太郎と本当に好く似ている。

竜蔵は庄太夫に助け船を求めるが、さすがの庄太夫も、何と声をかけて好いか分からず腕組みをするばかりである。

その時――襖障子《ふすま》が開け放たれ、隣室から山本周蔵が入って来て、おはまの前に座った。

隣室に居て、成り行きを見守る綾の顔は涙に濡《ぬ》れていた。

「山本周蔵でござる……」

「あ、あなた様が……」

おはまは突然のことに取り乱した。

「事が事だけに、顔を見せずに盗み聞いていたことを許して下され」

目頭を熱くしているのは周蔵とて同じであった。生みの親と育ての親は、不思議な縁に翻弄《ほんろう》されながらここに出会った。

「話を聞くに、小太郎はおはま殿の子であることは間違いござらぬ」

周蔵は静かに言った。

「あ、あ……」

言葉にならぬおはまを、竜蔵と庄太夫はただ見ているしかない。

「捨て子と思うたは、わたしの短慮であったようだ。真に……、真に申し訳ないことを致した。辛い不安な日々を送らせてしまいましたな……」

「いえ、わたしは確かにあの時、子供を守り切れずに地蔵堂の中に置き去りにしたのです。捨てたと思われても仕方がありません。あの後、わたしの手元に戻っていたとて、夫を失い、立派にあの子を育てられたかどうか……」

「いや、おはま殿なら立派に育てていたに違いない。人の情けを受けながら、何とかここまで育ててきたが、この身はしがない浪人暮らし、学者としてこの先やっていけるかどうかもままならぬ身。あの子は、あなたにお返し致そう。それがあの子にとっての幸せだ」

周蔵は決然として言った。

「先生、そいつは考えた方がいい」

「峡先生の申される通りですぞ。まだ六ツの子にこれを言い聞かせるのは生半《なまなか》なことでは参りませぬぞ……」

竜蔵と庄太夫は口々に言った。おはまも驚いて、

「山本様……、こちら様方の仰《おっ》しゃる通りだと存じます。わたしは、あの子が達者で暮らしている様子をそっと見ているだけでよいのです」

「物事はすべからく、元の収まるべきところに収まることが何よりであると思われる。嘘《うそ》はどれだけ飾ったとて嘘でしかない」

「でも、あの子は山本様を親と思い、慕っているのでございましょう。それを、本当の親ではないから馴染のない女の許へ行けというのは、あまりにも酷すぎます」

「わたしは旅に出ることにします。その間、おはま殿に小太郎を預かって頂くことにして、少しずつおはま殿に親しませ、わたしが居ない暮らしに慣れさせればよい。そして、傍に居るおはま殿が自分の母であれば好いものを……。小太郎の心の中にそのような想いが芽生え、大人の分別がつくようになった時に、すべてを打ち明けることに致せばどうであろうかな……」

「それは……」

我が子と暮らせればこれ程のことはない、だが目の前でこれを語る山本周蔵の、身を引き裂かれるような想いを考えると、おはまは胸が痛くて何も言えない……。

この場に居る誰にも答が出なかった。

「ああ、苛々《いらいら》するぜ……！」

突如として竜蔵が怒り出した。

竜蔵の耳に先程から届く小太郎の掛け声が、この男のやるせない感情を爆発させたのだ。

今、竜蔵は怒ることでしか、山本周蔵とおはまの哀れと、これから訪れるであろう小太郎の悲しみに立ち合えないでいたのだ。

「冗談じゃねえや！」

剣をとれば軍神と化す竜蔵の怒りに、今までが穏やかで優しい彼であっただけに、周蔵とおはまはその場で凍りついた。

綾と庄太夫が宥めようとしたが、こうなると竜蔵の勢いは止まらない。

「山本先生、お前さん、旅に出るっていうが、江戸で国学者として名を上げてみせるんじゃなかったんですかい。亡くなったみち殿の願いを叶えるんじゃなかったんですかい！」

「あ、いや、ですからそれは……」

「おはまさん、お前も何だ。あの子が達者で暮らしている様子をそっと見ているだけで好いだと？　元はといえばお前が間抜けだからこんなことになったんだろう。母親の温もりも知らねえで育った小太郎を、そっと見ているだけじゃあお前、償《つぐな》えきれねえだろうよ」

「はい……。そうだと言って……」

　竜蔵は廊下に出ると、控え場を抜けて道場へずかずかと足を踏み入れると、その剣幕に何事が起こったかという、新吾、清兵衛、安、太一を尻目に、

「小太郎、ちょっと来な」

と、目を丸くする小太郎を小脇に抱えて、居間へ戻った。

　先程は道場の冠木門の向こうから、そっと小太郎の姿を窺い見て、その面影に我が子と確信して、涙をこらえたおはまであったが、いきなり目の前に連れて来られてうろたえた。

「小太郎、この人はおはまさんと言ってな、この先忙しい綾先生の替わりに、お前の世話をしてくれるありがたい人だ。だからこの人のことはお袋殿と呼べ。いいか！」

「はい！」

「言ってみろ！」

「おふくろどの！」

「よし、いいぞ小太郎」

「先生、どうしておふくろどのは泣いているのですか」

　いきなり小太郎に〝おふくろ〟と呼ばれて、おはまの目からぼろぼろと涙があふれ出たのである。

「それはきっと、おはまさんは、お前があんまり立派だから嬉しいんだ。ほら、綾先生だって泣いているぜ」

　目頭を押さえている綾をからかうように言うのを、

「綾先生をからかったら叱《しか》られますよ」

と、小太郎が窘《たしな》めるその様子に、綾は堪《こら》えきれずに落涙《らくるい》した。

「わぁッ、はッ、はッ、小太郎、お前は利口だなあ」

　怒っているかと思えば豪快に笑う——峡竜蔵は馬鹿である。しかしこの馬鹿さ加減が、湿りきったこの部屋に快い風を通すのだ。

　それが峡竜蔵の真骨頂だと、竹中庄太夫は思わずニヤリと笑みを浮かべる。

「そんなことより小太郎、お前の親父殿《おやじどの》がとんでもねえことを言っているぜ」

「とんでもないこと？」

　小太郎は不安な目を周蔵に向けた。

「ああ、とんでもねえことだ。お前をお袋殿に預けて旅に出ると言っているぜ」

「父上……、ほんとうですか……」

たちまち潤んだ瞳を向けてくる小太郎に、

「小太郎……、父はな……、父はな……」

旅に出ると言いきれず言葉を濁す周蔵に、

「何でえ、さっき先生は、小太郎を置いて旅に出ると言ったじゃねえか！　小太郎、お前、言いてえことがあるなら父上に言いな」

竜蔵はまた怒り出す。

「父上……。旅にでるなら、小太郎もまいります」

小太郎は、言葉が出ずに取り乱す周蔵の前に両手をついて、

「わたしはよい子にしております。ですから、どうぞわたしも、いっしょにつれて行ってください……」

と、祈るように周蔵を見上げた。

「小太郎、お前を連れて行くわけには……」

周蔵は悲鳴に近い声をあげた。

「父上、いやです。わたしを置いて行かないで下さい……。わたしはもう何でもでき

ます。あやまって焼け火ばしにふれるようなこともありません……。父上……」

小太郎の目から大きな涙がぽろぽろと流れた。

周蔵はもういけなかった。言葉も出ない。今まで育ててきたとはいえ、貧しい浪人暮らしの中、食べる物、着る物、遊びのこと、何ひとつ満足にしてやれなかったこの自分に、この子はここまで縋《すが》っている。そして、そんな暮らしはこれから先も続くであろうに……。

「こんな子を置いて、行けるものなら行ってみやがれ……。大人の身勝手を押しつけられてたまるかってんだ！」

怒る竜蔵の声は涙に濡れていた。

「小太郎……！　わかった。わかったから泣かんでくれ。父はどこへも行かぬ。いつまでもお前と共に……」

周蔵はしっかりと小太郎を抱き締めた。

そして、おはまを見て深々と頭を下げた。

おはまは生き別れた息子が、幸せであったことを確かめた。そしてこの先も、輝かしい未来がこの子を待ち受けていることを……。

その安堵はおはまの顔を泣き顔から笑い顔へと変えてくれた。

何と言っても、先程からいきなり怒り出したかと思うと豪快に笑い、また怒ったかと思うと涙を流す……。この峡竜蔵という快男児の様子が心地よくて堪らなかったのである。

六

「けッ、米造兄ィ、何だかおかしなことになっちめえやしたね」

「まったくだぜ。あの浪人者から倅を取り返してこの〝水谷〟を継がす……。そうなりゃあ、見つけ出したおれ達は恩人だ。この先、この店に入り込めると思ったんだが……」

「何でも女将は、この離れ座敷に手を入れて手習い所を拵《こしら》えるつもりとかで……」

「ああ、そうして山本周蔵と倅の小太郎を迎え入れるらしいな」

「そんなら、母子の名乗りはあげねえんで……」

「あの小太郎が女将を慕って、分別がつくようになるまでは、世話をしてくれる小母《おば》さんでいるんだとよ」

「まどろこしい話で……。そんなら〝水谷〟の跡は誰が継ぐんです」

「手前も仲居だったのが気に入られて身代を受け継いだんだ。時がくりゃあ誰かしっかりとした仲居に継がすんだろうよ」

「ふん、うめえこと言ってあの山本って素浪人、この店の亭主に収まろうなんて思っているんじゃねえでしょうね」

「そいつはわからねえ。互《たげ》えに独り身だからな」

「けッ、忌々《いまいま》しいぜ」

「熊三、お前がのろのろしてやがるからこんなことになるんだよう。折角《せっかく》おれがここへ出入りできるようにしてやったものを……」

「だが兄ィ、あの女将は余程、男運が悪かったかして、なかなか隙を見せねえんだよ」

料理茶屋〝水谷〟の離れ座敷で、二人の男が何やらよからぬ話をしている。

声を潜めて話しているのは、目明かし・箱崎の米造と、その弟分の熊三であることは言うまでもない。

この店の女将・おはまが、峡道場をただ一人でそっと訪ねてから数日後の昼下がりのことである。

小太郎を巡って、生みと育ての二人の親が、互いの不運を嘆きつつ、この先をどうするか悩みに悩んだが、結局は今、米造と熊三が話していたような仕儀に落ち着いて、周囲の者をほっとさせた。

この日、おはまは米造と熊三をこの離れ座敷に招き、小太郎探索の礼として、〝水谷〟自慢の料理を振る舞い、それぞれに二十五両の金子《きんす》を渡し、小太郎に母であることを告げる日が来るまでは、このことを一切他言《たごん》無きようにと願ったのである。

その際には、

「店のことを気遣ってくださるお気持ちは嬉しゅうございますが、先日のように先走って、手荒な真似《まね》をしてもらっちゃあ困ります……」

と、熊三には手厳しく釘をさしたのである。

その後、おはまは去り、離れ座敷には豪華な料理が運ばれてきたが、酒が入ると気持ちも大胆になり、離れ座敷の気易さも手伝い、米造と熊三はこのような怪《け》しからぬ話をしているのである。

「熊三、二十五両もらって、へいそうですかと引き下がるかい」

「そいつは業腹《ごうはら》だ。兄ィ、どうすりゃあいいんだ」

「そいつはまあ、易いことだ。お前にそれだけの度胸があればの話だがよう」

「兄ィ、この熊三をみくびってもらっちゃあ困るぜ。男を上げて名を売るためなら、おれは何だってしてのけるぜ」

「そうかい。やはりお前はおれが見込んだだけのことはあるぜ……」

どこまでも欲にかられる悪党は、一旦食いついたら離れはしない。二十五両の金を見れば百両二百両が欲しくなる。

米造と熊三は、さらに声を潜め、このままでは済まさぬと、恐しい悪事の算段に少しの間時を費やした後、座敷を出た。

すると――床《とこ》の間《ま》の天井板がするすると裏側からずらされて、その隙間からすとんと人が降りて来た。

「箱崎の米造……。ここまでの悪党と思わなかったぜ……」

絞り出すような声で独り言《ひとりごと》ちたのは、網結の半次であった。

綾と小太郎が熊三に付け狙われた時から、半次はずっと米造に張り付いていた。

〝水谷〟に群がる米造達が、このまま手をこまねいているとは思われなかったからである。

十手に物を言わせ悪事を働き、十手の力でうまく罪から逃れる――。半次はこういう類《たぐい》の男が同じ目明かしであることに強い憤りを覚えていた。

――おれを甘く見ちゃあいけねえぜ、箱崎の。

半次は続いて、離れ座敷を出ると、さらに米造と熊三の後を追った。

その夜のこと。

松島町の稲荷社の裏手に、人目を忍ぶ箱崎の米造と熊三の姿があった。

「兄ィ、その宮坂《みやさか》って旦那は腕が立つのかい」

「ああ、人殺しをさせたら右に出る者はいねえよ」

「怖《こえ》えお人だなあ……」

「ふん、その殺し屋を使って、年端《としは》もいかねえ子供と親を殺《や》っちまおうとしているお前の方が余程怖いってもんよ」

「おれは兄ィが何よりも怖えや……」

「ここで宮坂の旦那を引き合わせるから、後は二人で相談して首尾よく……」

星影が米造の醜く歪んだ顔を微かに照らした時であった。

社《やしろ》の蔭から、

「おれだ、宮坂だ……」

という声が聞こえた。

「斬《き》る相手は、山本周蔵、その倅小太郎、それでよいのだな」

「旦那、どうしてご存知なのですかい……」

思わず返答して、米造はあっと口を押さえた。その声音《こわね》はいつもの宮坂のものではなかったのだ。

「お、お前は……」

米造と熊三が身構える隙もなく、社の蔭から現れ出たる一人の武士の腰間《ようかん》から、閃《せん》光《こう》がはしった。

米造と熊三は何も出来ぬ間に、それぞれ武士の一刀を浴びてその場に崩れ落ちたまま動かなくなった。

足早にその場を去った武士こそ、峡竜蔵その人であったが、やがてここに現れた宮坂某という浪人が二人の骸《むくろ》を認めた時――網結の半次が先導する北町の捕り手が、この殺し屋を捕えんと一斉に提灯《ちょうちん》を掲げて襲いかかったのであった――。


日本橋の東方・松島町で、そんなちょっとした捕り物があった数日後のこと。

三田二丁目の峡道場は至って平穏で、この日は綾が山本周蔵が書きあげた写本の整理に来ていた。

厚紙の表紙をつけ、簡単に製本の体《てい》にするのだ。

お上の御用に忙しい網結の半次はおらず、竜蔵、庄太夫、新吾は道場に紙を広げて黙々と綾を手伝ったが、今日は道場の内が寒々としていた。

「小太郎が居ないと、何やら火が消えたようですね……」

新吾がぽつりと言った。

「仕方がねえだろう。子供が道場へ通うのに、小網町からここへは遠過ぎる……」

仏頂面で竜蔵が応えた。

山本周蔵、小太郎親子は、昨日〝水谷〟の内に間借りをして、小網町へと越して行った。

それにつけて、竜蔵は近くの富沢町にある直心影流の道場への入門の口利きをしてやったのである。

「小太郎は、寂しがっておりませぬかな……」

庄太夫にも元気がない。

「寂しがる間もねえだろうよ。小太郎はどこへ行ったって周りに人が集《たか》ってくるさ。女将なんざあ、もう猫っかわいがりしているんじゃねえのか……」

竜蔵は相変わらず不機嫌である。

三人の師弟は溜息《ためいき》をついて、製本作業を進める。

寂しい想いは自分も一緒だが、この道場のためにはそれもよかったのだと綾は思った。

あのまま小太郎がここに居たら竜蔵のお節介たるや空恐ろしく、日々の稽古どころではなかったかもしれない。

綾と小太郎があの日熊三達に連れて行かれそうになった時も、浜の清兵衛まで担ぎ出して、大騒ぎしたではなかったか。

とはいえ、小太郎と竜蔵の住まいに泊まった夜のちょっとした興奮は、忘れ得ぬ思い出となったが——。

やがて出来上がった写本を風呂敷に包んで竜蔵が担いだ。

本所出村町へは祖父、母への御機嫌伺いも兼ね竜蔵がこれを運ぶことになっていたのだ。

道場を出ると、江戸の町を吹き抜ける風もすっかり冷たくなってきている。

幼い子供達は一様に、親の体に隠れるようにして歩いていた。

温かい親子の風景を目にすると、先日、小太郎を竜蔵と綾の子供と勘違いした、どこぞの隠居が思い出された。

「あん時ゃあ、綾坊と夫婦に間違われたたな」

「考えてみれば、とっくに子供が居たっておかしくない歳になっていたのよね……」

出村町への道中、竜蔵と綾はそんな話をしながら愉快に笑った。

もし、中原大樹が二人の様子を見ていたら笑っている場合ではない。互いに想うところはないのかと溜息をついたことであろう。

しかし、二人の口から出てくるのは、これからの話ではなく思い出話ばかりであった。

「おれはうっすらと覚えているぜ。綾坊が生まれた日のことを」

竜蔵はしみじみとして言った。

「あの物静かな森原先生が、一日中にやにやしていたと、親父が家で馬鹿笑いしながら、噂話をしていたっけ」

「母は体が弱かったから、嬉しかったのでしょう……」

綾の声にも情が籠《こも》る。

「親父はおれが生まれた時は、喜んだのかねえ……」

「虎蔵先生は、竜蔵さんが生まれたと聞いた時、嬉しさの余り不忍池《しのばずのいけ》にとびこんだそうよ」

「え？」

「わたしの父が言っていたわ」

「あの親父が不忍池に……。馬鹿だな……」

竜蔵はふっと笑った。

その笑いが幸せを享受する時に放つ、彼独特の照れ隠しであることを綾は知っている。

「まったく、どうしようもねえ馬鹿だ……」

次第に竜蔵の笑い声は高らかなものとなったが、その目はきりりとして遥《はる》か遠くを見つめていた。

第四話　別れの雪

一

江戸に初雪が降った。

その日は夕方からぐっと冷え込み、夜の帳《とばり》が下りると、ちらほらと白いものが舞いだした。

「お、降ってきやがった……」

その気配に、自室の障子戸を開き、裏庭に降る雪を確かめた峡竜蔵の表情は、たちまち子供のそれになった。

雪が降ると堪《たま》らなく心が躍るのだ。

〝いざ行かむ雪見にころぶ所まで〟

松尾芭蕉《ばしょう》はかつて、こんな句を詠《よ》んだというが、まさしく竜蔵はそんなころぶ所まで雪見を楽しみたい想《おも》いなのである。

既に夕餉《ゆうげ》を済ませていたが、どうしようもなく雪の降る外へ出かけたくなって、竜蔵は傘《からかさ》一本を手に、道場を出た。足は自《おの》ずと芝田町《たまち》二丁目にある、居酒屋〝ごんた〟へと向かう。

店は目と鼻の先である。

散らつく雪を楽しんだとてすぐに着く。

「何でえ、お前も来ていたのかい……」

縄のれんを潜《くぐ》ると、小上《こあ》がりに居て火鉢で手を焙《あぶ》る、お才の姿があった。

「ほら、やっぱり竜さん来たよ……」

お才は竜蔵を見ると、板場の前へと出てきた、店の主《あるじ》の権太《ごんた》ににやりと笑った。

「いらっしゃいまし！　ただ今湯豆腐を……」

これはあっしの奢《おご》りでございますと言って権太は、板場へと戻った。

「何でえ、おれが来るかどうか、賭《か》けてやがったな」

竜蔵は勝手にお才の前へと座って、自分も火鉢に手を差し伸べた。

「お蔭で好物の湯豆腐がただになったよ」

「そいつはありがてえ。酒はおれが持つよ」

たちまち湯豆腐の小鍋が運ばれてきて火鉢の上に置かれた。

「権さん、嬉《うれ》しいねえ、ただなのにちゃあんと貝柱が入っているぜ」

「もう自棄《やけ》ですよう」

権太は賭けに負けたが旦那に会えてよかったと、入道頭をさすりながら、また板場へと入っていった。

「まったく雪の日はこうでなくっちゃあいけねえ」

竜蔵は、程よく煮えた豆腐を小鉢にとって、しょうが醤油《じょうゆ》に刻みねぎを振りかけ、燗酒《かんざけ》と出し汁をこれに垂らし、うまそうに歯の音をコツコツと鳴らしながら食べ始めると、

「ああ、旨《うめ》えや……。お才、お前もやんな」

調子好《よ》くチロリの酒を注《つ》いでやる。

店へ入るや、またたく間にお才を相手に雪見酒を決めこむ竜蔵を、土間の入れこみで熱いのを引っかけていた職人風が惚《ほ》れ惚《ぼ》れとして見ていた。

職人風は六助《ろくすけ》という彫金工で、〝ごんた〟の常連である。二年程前に女房に死に別れ、十三になるおみつを筆頭に娘ばかり三人と暮らしているのだが、時折は子供連れで〝ごんた〟に姿を見せ、竜蔵とお才とも顔馴染《なじみ》であった。

「先生は大したもんだ……」

「おう、六さんかい。何が大したものなんだい」

「そうやって、何のてらいもなく、師匠と差し向かいで一杯やれるなんてね」

お才目当てに常磐津《ときわず》を習いに来る商家の旦那衆は多いが、なかなかお才の心の扉を開くことはできない。

それをごく自然に相席を決めこみ、お才の色香には目もくれずに軽口を叩《たた》いて豪快に笑う――。

その様子にはまったく嫌味がなく、見ていて気持ちがいいと言うのである。

「何だ、そういうことかい。おれは師匠とは付き合いが古いんでな。まあ、お才贔屓《びいき》の皆は勘弁してくんな」

片手拝みで笑う竜蔵を見て、六助はますます目を細めた。

「いいねえ、いいねえ、先生はほんにおもしれえや」

「六さんもこっちへ来て飲みねえ」

「そうしてえところですが、娘が待っているんで今日のところはこのへんで……」

品物を納めた帰りに雪に降られ、少し体を温めに立ち寄ったのだそうな。

「六さんはあたし達みたいに、雪に浮かれていられないのさ」

お才の言葉に竜蔵は神妙に頷《うなず》いた。

「そんなら六さん、また今度な」

「へい、また、お願《ねげ》えしやす」

六助は手拭《てぬぐ》いを頭に巻くと、足早に店を出た。

「帰ったら娘が三人か……。いいもんだろうな」

子供嫌いだった昔が嘘《うそ》のように、近頃は子を持つ身に憧《あこが》れを抱くような物言いが増えた竜蔵である。

「峠竜蔵も、そんな甘口を言うようになったんだねえ……」

お才に冷やかすように言われて竜蔵は顔をそむけると、今の今まで六助が座っていた幅広の床几《しょうぎ》に、煙草入《タバコい》れが置かれたままになっている。

「六さん、忘れていったみてえだな。まだその辺にいるだろうから持ってってやるか……」

竜蔵は、そんな物は自分が一っ走りしてくるという権太を制して、店を出た。

酒で体も温まったところで、一度、雪の中を走ってみたくなったのだ。

雪は積もり始めていた。

帰りには雪を一掴《ひとつか》みお才に持って帰ってやろうなどと、子供じみたことを考えながら竜蔵は下駄を鳴らして汐見《しおみ》坂へと向かった。

坂下に六助の住まいはある。

峡道場を西へやり過ごし、春林寺の角を曲った突き当たりだそうだ。よく道場の前で行き合うことがあったので、六助が曲って来る方角は心得ていた。

六助にとって雪は面倒でしかないのであろう。足早に家路についたようでなかなか追いつけない。

「六さん！　忘れ物だよ！」

声をかけつつ行くと、春林寺の角から提灯《ちょうちん》の明かりが出てきた。しかしそれは六助のものではなく、向こうへ駆け去る侍達であった。

侍は三人――二人は大きな頭陀《ずだ》袋に入った荷を抱えている。それを指示している一人の姿が提灯の明かりではっきりと見えた。

身なりは綿入れ、羽織、袴穿《はかまば》き……、どこか近くの大名屋敷に仕える者であろうか、馬面《うまづら》でやたらと眉《まゆ》が太い。

ただ行きずりに見かけただけなのにもかかわらず、竜蔵が侍の顔を頭に焼きつけたのは、この三人がえも言われぬ物々しさを醸していたからである。

そうすると何やら胸騒ぎが竜蔵を襲った。

「六さん……」

竜蔵は駆け足で春林寺の角を曲がって六助の後を追いかけると、何かが焼け焦げた匂《にお》いがした。

夜目《よめ》を利かすと火の粉が、寺の脇の木立の向こうに僅《わず》かに瞬《また》いているのが見える。それは提灯が燃え尽きた跡であった。

「六さん！　どうしたんだ！」

燃えつきた提灯の脇に六助が倒れていた。積もり始めた雪は暗がりの中、どす黒く染まっているように見えた。そこからは血の匂いがした。

「何てこった……」

六助は背中をばっさりと斬《き》られ最早《もはや》こと切れていた――。

竜蔵はすぐに己が門人である網結《あみすき》の半次を呼び寄せ、この一件は半次の旦那である、北町奉行所同心、北原秋之助の手にかかった。

秋之助は半次から竜蔵の噂《うわさ》は充分に聞き及んでいたし、竜蔵が少し前に湊《みなと》町の薬種屋〝川津屋〟に押し入った賊を門人・神森新吾と共に打ち倒した時にも会っているから終始好意的で、

「念のため某《それがし》の差料《さしりょう》をお改め願いたい」

という竜蔵の申し出を、それには及ばないと言下に応《こた》えた。

そして、あの時、もう少し〝ごんた〟に六助を引き留めていたら……、もう少し早く煙草入れを忘れていったことに気付いていたら……、と悔やむ竜蔵を、仕方がなかったのだと労《いたわ》ったが、六助の死の真相は謎《なぞ》のまま辻斬《つじぎ》りによるものだとすまされた。

竜蔵は春林寺の近くで見かけた馬面の侍が怪しいと話したが、殺害の場の西方には武家屋敷が甍《いらか》を争い侍の数も多い。

大名、旗本家の屋敷を町方が調べるわけにもいかず詮議《せんぎ》はその後遅々として進まなかったのだ。

しかし、春林寺脇の木立から一枚の手拭いが落ちているのが見つかったと、網結の半次は竜蔵にそっと告げた。

その手拭いには蛇《じゃ》の目《め》紋が染め抜かれてあるという。蛇の目紋というと、殺害の場から程近くに屋敷を構える弦巻《つるまき》家の家紋である。

手拭いは汚れから見るに、それ程前から落ちてはいなかったように思える。

「てことは、雪の夜におれが見かけた侍は、弦巻の家来かもしれねえな」

「かと言って、手拭いを落とした者が、辻斬りの張本人とは言い切れやせん……」

六助殺害の場は弦巻屋敷の近くとなれば、それだけ家中《かちゅう》の者が辺《あたり》を通行することも多い。それに、馬面の侍達も夜陰《やいん》に倒れている六助を見過していたのかもしれないし、三人が六助を斬ったとも言い難い。

ましてや弦巻家は奥州で七万石を領する由緒正しい譜代《ふだい》大名家で、ここの家士を咎《とが》人《にん》と決めつけて詮議するのは難しい。

町方としては、あまり関わりたくないことなのである。

「先生の無念はよくわかりやすが、なかなか先へ進みそうにもありませんねえ……」

半次は厳しい表情で竜蔵に伝えた。

町方役人の言うことにも頷けるが、竜蔵の気分は晴れない。

何よりも、六助が死んで取り遺《のこ》された娘三人が不憫《ふびん》であった。

あの夜〝ごんた〟で六助と顔を合わせていた、常磐津の師匠・お才も同じ想いで、翌日から日に一度は汐見坂下へ出かけて、娘達に何くれとなく世話を焼いてやっていた。

元来が世話好きで、自身も十六の時に母親と死に別れ、身寄りのない境遇になったお才のことである。娘達の相談相手にはこれ程の心強い大人はいないであろう。

そんなお才を見ていると、

――必ずおれがあの娘達《こ》の仇《かたき》を討ってやるからな。

竜蔵はそう思わずにはいられなくなり、暇を見つけては、弦巻家上屋敷《かみやしき》の周辺をうろうろと歩くようになった。

馬面の男がもし弦巻家の者なら、いつか遭遇するかもしれない。下手人と覚《おぼ》しき男の顔を目撃したのは自分一人なのであるから、何としてでも見つけ出してやるの一念であった。

——六さん、おれに何か手がかりになる好い出会いを与えてくれ。

その願いが天に通じたか、やがて竜蔵は思わぬ人との出会いをすることになる。

二

「竜さん！　おみっちゃんが大変なんだよ！」

あの雪の夜から十日ばかりがたった朝のこと。三田二丁目の峡道場へお才が駆け込んできた。

聞けば、今朝早く、六助の忘れ形見である三人の娘が暮らす、汐見坂下の長屋に、野州屋《やしゅうや》鮫八《さめはち》という男が五人くらい若いのを引き連れて現れ、六助に貸していた金が三両、利息が二両、合わせて五両の返金を長姉のおみつに迫ったという。

おみつは十三歳ながら、十歳と八歳になる妹の面倒を見ねばならず、僅かに家に残っていた銭で青物の行商を始めたばかりであった。

六助が金を借りていたことも聞き初めで、返す金など無論なかった。

途方に暮れるのを、真偽も定かでない証文をかざし、返せないならおみつの体で返してもらうと凄《すご》んでいるそうな。

野州屋鮫八は白金台《しろかねだい》辺りで幅を利かすやくざ者で阿漕《あこぎ》な貸金を繰り返していた。六助もまさか自分が辻斬りに遭うとも思わず、急場しのぎに借りたのであろう。

「汚ねえ野郎だ！」

おオの話を最後まで聞き終わらぬうちに、竜蔵は道場をとび出していた。

長屋に着くと、時既に遅く下の姉妹が、

「お姉ちゃんが連れていかれた……」

と、泣きじゃくっていた。

「必ず取り返して来てやるから安心しな！」

竜蔵は汐見坂を上っていったという鮫八の後を追った。

すると、上ってすぐにおみつが向こうから駆け降りてきて、竜蔵の姿を認め、

「先生！」

と縋《すが》ってきた。

「おお、無事だったか！　で、奴らはどけえ行きやがった！」

竜蔵はおみつの儚《はかな》げな両の肩に手を置くと、後から追いかけてきた、お才と竹中庄太夫におみつを預け、さらに進んだ。

ところが坂の上で竜蔵が目にした光景は、昨日の雨でぬかるんだ道の上にのたうつ、鮫八と思《おぼ》しき一群であった。

鮫八達の向こうには、旅の武士が一人、仁王立ちになって見下ろしている。

道端には連れであろうか、美しい武家娘と下女、老僕が同じく旅姿で控えていたが、一様に少し呆《あき》れた顔で笑い合っていた。

その表情は、竜蔵が喧嘩《けんか》に暴れた後の、お才が見せる苦笑いにどこか似ていた。

嫌がる娘を引きずるようにして連れて行く鮫八達の姿を見て、義憤にかられて少々やり過ぎるくらいに叩き伏せたのであろう。竜蔵はこの侍に親しみを覚えた。

「卒爾《そつじ》ながら、貴殿がこの連中を……」

「いかにも……」

旅の侍の顔に笑顔はなかった。竜蔵を連中の用心棒と思ったようだ。

「うむ、こちらの手間が省けた。忝《かたじけな》い」

竜蔵は軽く立礼すると、鮫八の前に立って、

「おう！　手前《てめえ》が鮫八っていう人でなしかい！」

と、雷の如き一喝をくれた。

自分には威儀を正した浪人の突然の豹変《ひょうへん》に、旅の侍はきょとんと首を傾《かし》げて成り行きを見つめる。

「手前、人の弱みにつけこみやがって、親を失《な》くして途方にくれる娘を質にとろうたア、どういう料簡だ馬鹿野郎！　六助に替わって、この峡竜蔵がしっかりと片をつけてやろうじゃねえか」

「峡竜蔵……」

その名を聞いて、鮫八はぶるぶると震え出した。

「あ、あの、馬鹿みてえに強《つえ》え……」

「馬鹿は余計だろう！　坂の下まで蹴《け》転《ころ》がすぞ」

「ご、御勘弁を……」

「六助がお前から三両借りたのは本当かい」

「へ、へい、そりゃあ証文もありやすんで……」

「ならそういうことにしてやろう。だが、二両の利息ってのはべらぼうじゃねえか」

「一両にさせて頂きやす……」

「てことは四両の片をつけりゃあいいんだな」

「へい。旦那は話が早《は》え《え》や」

「四両の話をする前に……。お前、六助の香典はどうしてやってくれた」

「こ、香典ですかい……」

「まさか包んでねえんじゃねえだろうな！」

「あ、後から持って参ろうと……」

「そうかい、三両ばかり包んでやっておくれな」

「さ、三両……？」

目を回す鮫八を尻目に竜蔵は、旅の侍の袴についた泥を見て、

「それから旅の御方の袴に泥がついちまったようだぜ。こいつはどうする」

「あ、洗い代を御支払い致しましょう」

「では、二両で話をつけてやろう」

「二両？」

「払えねえって言うのかい、この野郎！」

「へ、へ〜い……」

竜蔵は鮫八をどやしつけると、旅の侍に向き直って、

「この二両、さっきの娘の借金返しに充てさせて頂きたいのでござるが……」

にこやかに頷いた。

侍はもう腹を抱えている。

「どうぞよしなに」

大きく竜蔵に頷き返した。

「忝い……。そんなら鮫八、差っ引いた一両を出せ……。出せ、この野郎！　それから証文もな。よしよし、それでよし……。出したらとっとと失《う》せやがれ！」

竜蔵は証文と一両の金をふんだくると、鮫八を凄《すさま》じい勢いで脅しつけた。

這々《ほうほう》の体《てい》で鮫八達は逃げ去り、お才と庄太夫に連れられてやって来たおみつは、

「ありがとうございました……」

旅の侍に深々と頭を下げた。

「話を聞くに、色々と大変であったようだな」

侍は、にこやかにおみつを見た。

「おみつ坊、こちらのお方がこいつをふんだくって下さったぞ」

竜蔵はおみつに一両を握らせると、

「近くに直心影流の道場を構えておりまする、峡竜蔵でござる」

竜蔵は改まって名乗りをあげた。

「いやいや、これは申し遅れました。某は本日国表《くにおもて》から江戸詰を賜《たまわ》り出府致した者にて、田端龍之介《たばたりゅうのすけ》。これは妹の早苗《さなえ》でござる」

傍に控えていた美しい娘は、にこやかに竜蔵に頭を下げた。

色が抜けるように白く、何とも大らかで控え目でゆったりとした物腰であった。

その静かな挙措動作が、竜蔵を一瞬ボーッとさせた。つい今しがたまで、どこその俠客《きょうかく》の大親分かと思われる勢いで、やくざ者の頭目を脅しつけていたこの男の純情を見てとった龍之介は、すっかりと峡竜蔵に好感を抱いたようで、

「田舎者《いなか》故《ゆえ》、以後何卒《なにとぞ》よしなに」

と、力強く言い放つと高らかに笑った。

その笑い声で正気に戻った竜蔵は、

「龍之介に竜蔵、これはよい。以後昵懇《じっこん》に願いたい。して、国表とは何れ《いず》の御家中でござるかな」

「奥州弦巻家の者にござる」

「弦巻家……」

竜蔵の脳裏にあの夜の馬面の侍の顔が浮かんだ。この田端龍之介と知り合ったことで何かわかるかもしれぬ。しかも、知り合った相手は気が合いそうだ。妹も格別に美

しい……。

竜蔵はこれぞ死んだ六助が巡り合わせてくれた縁だとお才と庄太夫に振り返って小さく笑ってみせた。

竜蔵はそれから、おみつをお才と庄太夫に長屋まで送らせ、道場も近いこととて田端兄妹一行を連れ帰り、袴の泥を濯《すす》ぎ落とすように勧めた。

言葉を交わせば交わすだけ、竜蔵と龍之介は意気投合して話も弾んだ。

剣の修行は積んだものの、世渡り下手でまるで目立たなかった身が、俄《にわ》かに江戸へ呼び出された。今度の出府に期するものがあると龍之介は言う。

そういう首途《かどで》に、旅装とはいえ泥のこびりついた袴で門を潜るのは験《げん》が悪いと竜蔵は思ったのである。

道場に入るや龍之介は、

「某も峡殿のように、このような道場を構えて剣に生きてみたかった……」

と嘆息した。

近頃、弦巻家中では算用、農学に時を費やす者が多く、剣術は流行《はや》らぬらしい。

それ故、江戸詰となったのを立身の転機と意気込んでみても、自分に何ができるのか内心では不安なのだと龍之介は笑った。

「宮仕えの苦労はあれこれあるだろうが、剣術が邪魔になることもござるまい」

龍之介のような心根の美しい者が世に出ぬはずはないと竜蔵は励ました。

「峡先生のお話を伺っておりますと、何やら先行が明るくなったように思えます。兄上、真《まこと》に好いお方とお近付きになられましたね」

龍之介の泥を落としながら、早苗は素直に喜んだ。

竜蔵は早苗のその言葉にまたポーッとなってしまって、この場にお才がいれば、何と言って冷やかされたことであろうかと胸をなでおろしたのであった。

こうして、峡竜蔵と田端龍之介、早苗兄妹の交誼《こうぎ》が始まることになる。

この日から二日の後。早くも早苗が菓子折を老僕に持たせて峡道場を訪ねてきた。

ちょうど中食《ちゅうじき》を済ませ、一息入れているところへ、

「お邪魔ではござりませんでしたでしょうか……」

神聖なる道場に、私のような女がいきなり来てよかったのか、とんでもなく迷惑なことをしたのではないかという憂《うれ》いが、にこやかな瞳を濡《ぬ》らしている。

男にとっては、何か自分が罪を犯したのではないだろうかとさえ思われる、美しい登場であった。

その日、道場には竜蔵の他に庄太夫と新吾しか居なかったが、どうぞどうぞと、控

え場に早苗を通して、その後の龍之介の様子を尋ねると、

「兄はあれから上機嫌でございまして……。この道場で、袴に付いた泥を濯ぎ落としたことで好い運気が巡ってきたのではないかと申しております」

と、改めて三つ指をついた。

あれから上屋敷へ入った田端龍之介は、所属する馬廻組《うままわりぐみ》の組頭《くみがしら》に挨拶《あいさつ》に出向いたのだが、

「おぬしがなかなか剣を遣うことは聞き及んでいたが、わざわざ江戸へ呼び出されるとは思わなんだ……」

などと小馬鹿にしたような物言いをされたそうだ。ところがそこへ江戸家老を務める福田《ふくだ》主膳《しゅぜん》がやって来て、

「おお、よう参ったな。おぬしを呼び出したのはこの主膳じゃ。江戸詰の馬廻役は組頭を筆頭に恰好《かっこう》ばかりを気にして、腕の立つ者は皆目おらぬ。それ故、殿にお伺いを立て来てもろうたのじゃ。しっかり励めよ」

と、龍之介に声をかけたものだから、件《くだん》の組頭は立場がなく、ただただ沈黙してしまって、龍之介は随分と面目を施《ほどこ》したらしい。

「ほう、その御家老は気持ちの好い人だ。そんな人に気に入られるとは大したもので

はござらぬか」

既に龍之介贔屓になっている竜蔵は、我がことのように喜んだ。

「その上に、色々御家老様からお心尽しの品まで賜わりまして……」

それですぐにお裾《すそ》分《わ》けにと龍之介は菓子を早苗に持たせたのだと言う。

「そうですか。そのような時にこの竜蔵の顔を思い出してくれたとは嬉しゅうござる。江戸の町に慣れねばならぬと申すならば、いつでも御案内仕《つかまつ》ろう……」

涼やかな言葉遣いで答える竜蔵を見ながら、何を改まっているのだ、鮫八を脅しつけているところを早苗には既に見られているではないかと、庄太夫と新吾は笑いを堪《こら》えた。

「ほう、これは落雁《らくがん》でござるな。ありがたく頂きましょう。これ、新吾、茶をお出し致せ」

自分でもおかしいとは思っているのだが、何故《なぜ》か早苗の前ではこうなってしまうのである。

「いえ、わたくしが……」

早苗は火鉢にかけてあった鉄瓶を取ろうとする新吾を制し、てきぱきと茶の用意をして、さらに持参した御針の道具を取り出し、

「先日お邪魔致しました折に気にかかっておりまして……」

とばかりに、控え場の衣桁《いこう》にかけてあった竜蔵の稽古着《けいこぎ》の綻《ほころ》びを繕《つくろ》い始めた。

庄太夫と新吾は顔を見合った。日頃竜蔵は、

「武具、稽古着の手入れも修行のうちだ」

と言っているからである。

「もしや余計なことを致しましたか……」

或《ある》いは竜蔵にそういうこだわりがあるやもしれぬと思い至り、早苗ははたと手を止めたが、

「これは忝い……」

竜蔵はにこにこ笑ってそれを見ている。

早苗が縫う分にはよいようだ——庄太夫と新吾はまたも笑いを堪えた。

早苗は慣れた手つきで、たちまち竜蔵の稽古着を繕うと、庄太夫と新吾の稽古着も繕い始めて、師弟三人は少し気まずい頰笑《ほほえ》みを浮かべながら、早苗の細く美しい指先を見つめていたのであったが、そこへお才が、

「竜さんいるかい！　おみっちゃんに下らないちょっかい出してるって馬鹿野郎がいるんだけど、ちょいと絞めてやっておくれな！」

と、けたたましく入って来た。奥ゆかしさも何もあったものではない登場である。

「あ……、これは、お騒がせ致しました……」

楚々《そそ》とした早苗の姿に触れた上に、その早苗ににこりと会釈をされるや、お才はいたたまれずに、そのまま帰っていった。

「やはりお邪魔を致しましたようで……」

お才を気遣う早苗に、

「ああ、好いのです。あの女はいつも慌しくて困ります。後できっちりと絞めるものは絞めておきますのでお気遣いなく……」


その次の日には、田端龍之介が訪ねてきた。

江戸家老・福田主膳が町に早く慣れておくようにと、外出を許してくれたという。

竜蔵は大喜びで龍之介を道場に迎え、せっかくだからと、龍之介を相手に竹刀《しない》で地稽古をしてから芝・三田界隈《かいわい》を案内した。

〝馬鹿のように強い〟竜蔵が、同じ背恰好のいかつい侍と仲好さげに歩いている。

町にくすぶる与太者達は二人の姿を見かけるとこそこそ逃げ出した。

「さながら峡殿は、この辺の君主といったところだな」

「いや、お恥ずかしい話だ」

「竹刀を交えてよくわかった。峡殿は強い。連中が逃げ出すのも無理はない」

「何の田端殿も強い。さっきは胴に一本喰った……」

「いやいや真剣勝負なら間違いなく某が斬られていた。田舎の小さな土地で剣を修めたとて、江戸では何ほどのものでもないことを、峡殿によって思い知らされてござるよ」

まったく悪びれたところもなく感じ入る、龍之介の男らしさは、竜蔵が最も好むところである。

「こうして話すのは二度目だが、おれはおぬしを気に入った。これからは腹を割った友達付き合いを願いたい」

こうなると刎頸《ふんけい》の交わりを望みたくなるのが竜蔵の常である。このところ竜蔵を慕う者は増え、彼の周りには色々な者が寄り集まってくるようになったが、仲間や弟子ではなく友達となると少し意味合が違う。

剣俠――剣に長じ俠気ある者でなくてはならない。

「望むところでござる……」

言下に応えた龍之介に、この先は竜蔵、龍之介はややこしい、下の字を取り〝蔵《くら》さん〟〝介さん〟と呼び合おうではないかと話はまとまり、いざ固めの盃を交わさんと、竜蔵は龍之介を居酒屋〝ごんた〟に誘った。

まだ日は高いが、大名屋敷の門はどこも暮れ六ツ（日没）には閉じられてしまう。宮仕えの身はなかなか面倒なものなのである。

酒が入ると互いの身の上話となった。

龍之介は、破天荒な剣客であった竜蔵の亡父・虎蔵と、竜蔵をやり込めることに生き甲斐《がい》を見出《みいだ》しているかのような聡明《そうめい》である母・志津の話を聞くと大いに笑ったが、

「いやいや、真に羨《うらやま》しい……」

と、腐しつつも、亡父への尊敬と愛情を忘れない竜蔵を羨しがった。

話を聞くに、龍之介の父・甚五兵衛《じんごべえ》は硬骨の人で、先代の殿様の浪費癖を諫《いさ》めて勘気を蒙《こうむ》り、家禄《かろく》半減の憂き目を見たという。

「殿様を諫めなすったとはおもしれえ。いかにも介さんの親父殿らしいではないか……」

「確かにおれと似ている。それだけに嫌になるのだ」

「どうしてだい。少なくともおれの親父よりも立派だと思うがな」

「いや、蔵殿《くら》のお父上は一人の剣客として生きられたからそれでよいのだ。だが、禄

を喰《は》む身はそうはいかぬ。元々八十石の家禄が四十石になってみろ。母も我ら兄妹もそれは苦労を強《し》いられた……」

不遇の中父は死に、母も寿命を縮め、家を継いだ龍之介の苦悩ははかり知れなかった。

父、甚五兵衛が主君を諫めたことは間違ってはいなかったかもしれないが、一族郎党を守る者としては甚《はなは》だ短慮であったと龍之介は言うのだ。

「なる程、家を保っていくこともまた武士の勤めか……」

「家禄を減らされて暇を出した奉公人もいた。耐えるべきところは耐えてこそ男であると思うのだ」

「耳の痛い話だ。おれなど到底宮仕えなど勤まらねえな」

「いや、蔵殿なら勤まる」

「そうかい。おれも殿様に生意気な口を利いてしまいそうだがなあ」

「同じ生意気な口を利いても、目上の者から疎《うと》まれずにかえってかわいがられる男もいる。蔵殿も、蔵殿の御父上もそういう男であると思われる」

「だとしたら、おれは随分と得な性分《しょうぶん》だな」

そう言われてみると、亡師・藤川弥司郎右衛門、兄弟子《あにでし》の赤石郡司兵衛、森原太兵衛、大目付・佐原信濃守……。取り入ったことなどなかったが、目上の者達は皆一様に直情径行で頑固で意地っ張りの竜蔵をかわいがってくれた。

竜蔵は素直に頷かずにはいられない。

「ああ、得な性分だとおれは思う。あやかりたいが、これは蔵殿が生まれもって身についたものだ。真似《まね》はできぬ。自分にないものを持っているからこそ、おれは蔵殿に心惹《こころひ》かれるのであろうよ」

「そいつは、天に、親父に感謝しねえといけねえな……」

「まあ、そういうことだな。大事なことは己を知ることだ。おれのように武芸しか能のない武骨者は、出過ぎたことは言わず黙々と勤めていればよいのだ。そうすればいつか浮かばれることもあると思うのだ」

「あるある、きっとある。既に御家老から目をかけられていると早苗殿から聞いたぞ」

言われて龍之介は満面に笑みを浮かべた。

「ああ、皆が武芸に励まぬ分、少し目立ったようだ」

「この機を逃す手はないな」

「そう思っている……」

「半分に減らされた家禄を元に戻して、暇を出した奉公人を呼んでやりなよ。ただ……、あの日、袴を泥に汚しながらおみつを破落戸《ごろつき》から守ってやった男らしい介さんで、いつまでもいてくれよ」

「ああ、わかっているよ……」

曲がったことを憎む気持ちは忘れはしない。しかし、父・甚五兵衛の轍《てつ》を踏まず、何事も慎重に運んでみせると、龍之介は胸を張った。

そこへ――、

「権太でごぜえやす。この先、御贔屓にどうぞ……」

と龍之介への挨拶替りに運ばれてきた小鍋は、先日六助の一件でろくに食べることができなかった、貝柱入りの湯豆腐であった。

権太が気を利かしてくれたのだが、かえってあの夜のことが思い出されて、竜蔵はいつものように舌鼓《したつづみ》を打てず龍之介に勧めてばかりいた。

六助殺害の詮議は一向に進んでいなかった。

「下らぬ話をしてしまったようだ……」

龍之介は竜蔵の表情に浮かんだ憂いを、己が身の上話のせいだと受け止め、申し訳なさそうに、薄《うっす》らと火鉢の熱で額に浮かんだ汗を手拭いで拭った。

手拭いには蛇の目紋が染め抜かれてある。

網結の半次が教えてくれた、六助殺害の場の近くに落ちていた手拭いと同じ物なのであろうか。

「その手拭いは、弦巻家御家中の皆が持っているものなのかい」

思わず尋ねた竜蔵に、

「弦巻の御家紋を知っていたとは嬉しいな。これは先般国表の武芸優秀の者へ、殿から下された物でな。今、江戸に詰めている者は誰も持っておらぬはずだ……」

龍之介は自慢げに広げて見せた。紺地に白の紋の染め抜き。左の隅に弓矢の絵――

半次から聞いた通りの物である。

――江戸詰の者は持っておらぬ。

ではあの雪の夜見かけた馬面の侍達は、弦巻家中の者ではなかったのか。見たところどこぞの大名家に仕える江戸詰の侍と思われたが……。

「そいつは大したもんだ……」

何故《なぜ》、手拭いがあの場に落ちていたかは別にして、あの怪しき侍達は弦巻家の者ではないのかもしれぬ――。

友となった龍之介の家中の者が六助殺害に関っていないのならばこれほどのことは

ない。

江戸家老に認められて喜ぶ龍之介に、竜蔵はそれ以上のことを聞けずにいた。

三

「佐山《さやま》さんはほんにお上手だこと。どこかで習ってらっしゃったのでしょうね」

三味線を脇へ置きながらお才が言った。

「ああ、いや、若い頃に少しばかりかじったことがありましてな……」

佐山と呼ばれた男は五十絡みの武士で、お才に誉《ほ》められて照れ笑いを浮かべた。

佐山は今日初めてお才に常磐津の稽古をつけて貰《もら》いに来た、新しい弟子である。

名は十郎《じゅうろう》——金持ちの浪人で、鼠《ねずみ》の着物は地味な色合いであるが、結城紬《ゆうきつむぎ》で紅裏《もみうら》という洒落《しゃれ》た装いである。

浪人にもピンとキリがあるが、佐山はピンのピンと言えるであろう。

ここへは大目付・佐原信濃守の側用人《そばようにん》を務める眞壁清十郎《まかべせいじゅうろう》の紹介で習いに来た。清十郎曰《いわ》く、ちょっと理由《わけ》有りの御方が知り合いにいて、常磐津を習いたいと申されているので、あれこれ詮索せずにさらりと教えてあげてもらいたいとのことであった。

身分ある侍が、故あって下野《げや》して、退屈な日々を過ごしている——お才はそう推測した。稽古をつけてみると、これがまた語りに哀切があって、なかなかに上手なのだ。

——眞壁さんとは大違いですねえ。

お才はその言葉を呑《の》みこんで、

「それならさぞかしお若い頃は、町中でお遊びになったのでしょうね」

と、おだてとも冷やかしともとれるような言葉を投げかけた。

初めて会う佐山であったが、何気に軽口が利ける気易さと、包みこんでくれるような人間の大きさを兼ね備えていた。

「いやいや、それ程でも……」

佐山はまた照れ笑いを浮かべると、

「時に、師匠は峡竜蔵という剣術の先生と親しい間柄だとか」

興味津々といった様子で尋ねた。何でも眞壁清十郎から峡竜蔵の噂を聞き及び、世にこのような快男児もいるものかと感心しているのだという。

「親しい間柄……なんてもんじゃあありませんよ……」

竜蔵の話にお才は素気なく答えた。

「そうなのかな。初めて稽古に来て、こんなことを言うのは何だが、わたしは師匠にはそういう豪快な男がお似合いだと思うのだがな」

佐山は楽しそうに言った。その声にはお才の幸せを心から願っているような響きが籠《こも》っていた。

「お似合いも何もありませんよ。あの男ときたら近頃は弦巻様御家中の、田端龍之介という御方の妹御に脂下《やにさ》がっているようですから」

「ほう……。左様か……」

「兄弟子の忘れ形見の綾さんという御人に惚れているのかと思えば、その妹御の早苗さんに鼻の下を伸ばす……。峡竜蔵てのはそういうわけのわからない男なのでございますよ」

お才は実際、辻斬りに遭って死んだ六助のこと、娘のおみつのことなどすっかり忘れてしまったかのように、早苗の前でポーッとなっている竜蔵に対して頭にきていた。

しかし、こんな竜蔵への悋気《りんき》ともとられかねない悪口を、初めて会う弟子にあれこれ話してしまうとは、余程佐山に気を許したと見える。

「そいつは峡先生もどうかしているな。わたしなら、一も二もなく師匠を選ぶがねえ」

佐山の口調も随分と心易いものになってきた。

「まあ、佐山さんや眞壁さんならともかく、あの唐変木《とうへんぼく》に選んでもらっても仕方ありませんよ」

　佐山は憎まれ口を叩くお才の様子を、やれやれといった表情で見つめると、やがて稽古場を後にした。

　お才は佐山にあれこれ胸のつかえをぶつけて気が落ち着いたようで、出入口まで佐山を見送ると、

「何だい、稽古着の繕いくらい、あたしにだってできらあ……」

と、独《ひと》り言《ご》ちたが、その表情は笑っていた。

　一方、稽古場を後にした佐山十郎は、すぐ近くの常教寺の表に待たせてあった駕籠《かご》に乗って、赤羽根から赤坂へと向かった。

　その間、駕籠についてそっと護《まも》るように付き従うのは眞壁清十郎であった。

　やがて清水谷の手前で佐山は駕籠から降りて、清十郎と共に佐原信濃守の屋敷の勝手門から中へと姿を消した。

　門番の小野伴内《おのばんない》は佐山を恭々《うやうや》しく、勝手門脇の御長屋の中にある詰所の一室へ案内した。

　そこにはいかにも仕立のよさそうな着替えが用意されている。佐山十郎がその衣服を身につけると、まさしくこの金持ちの浪人こそが、佐原信濃守その人であることが

わかる。

「いかがでございましたか……」

清十郎が恭々しく言った。

「まるでお園《その》を見ているようだったよ」

信濃守はしみじみと言った。お園とはお才の亡母で、名うての三味線芸者であった女だ。

十次郎《じゅうじろう》という名で盛り場悪所に浸っていた部屋住みの頃、信濃守はお園と出会い恋に落ちた。しかし、信濃守が兄の死で佐原の家督を継がねばならぬようになったと知るや、お園は姿を消した。腹に宿っていた子と共に。

その子がお才である。

父が誰かも知らぬままお才は大きくなったが、お園が死んだ後、お才という自分の子供が常磐津の師匠として生きていることを佐原信濃守は知ることになる。

情に厚い信濃守はそのまま捨て置けず、腹心の眞壁清十郎にそっと見守らせたのであるが、清十郎からお才の兄貴分であるという剣客・峡竜蔵の噂を聞き、すっかりと惚れこんで自邸の武芸場に剣術指南として招いた。

そのうちに、清十郎が佐原家側用人として、またある時はお才の常磐津の下手くそな弟子として、峡竜蔵、お才と交誼を重ね、あれこれその報告を受けるうちに、元より茶目っ気のある信濃守は、自分もこの人の輪に入りたくて仕方がなくなってきた。

そして、清十郎の心配をよそに、遂に〝佐山十郎〟なる浪人者に扮し、初めて我が娘に会ったのである。

三味線を弾かせたら右に出る者はなく、下ぶくれのふっくらとした顔は、人を包みこむ優しさに溢《あふ》れ、しかも芯《しん》の強さが窺《うかが》える――。

若き日は十次郎といった信濃守が恋したお園にお才はそっくりであった。

これが我が子かと何度も胸が熱くなるのを、何とか大人の貫禄《かんろく》で耐えはしたものの、父無《ててな》し子として育ったお才への不憫も募《つの》り、もうお才に構いたくて構いたくて堪らなくなってきている信濃守であった。

「御用繁多《はんた》故なかなかままならぬが……。時折は佐山十郎となって町へ出たいものじゃ」

着替えが済み中奥《なかおく》へ入っても、信濃守はすぐには大目付の顔に戻れないでいた。

「お止めすることはできませぬが、今はまだ、父娘《おやこ》の名乗りはなさらぬ方がよろしいかと……」

清十郎は実直な側用人の姿勢を崩さぬ。

「わかっておる。わかっておるが、峡竜蔵のお才への想いが気になるのう。うむ、どうも気になる……」

気を揉《も》む信濃守の表情は、清十郎が見たこともない若やいだものであったが、

「それにつけて、竜先生が近頃脂下がっている女というのがちょっと気になる」

「はて、峡先生にそのような女が……」

「これが、弦巻家の家中の娘と言うのだ……」

「弦巻家の……」

「まあ、あの先生のことだ。脂下がっているったって、ほんの御愛敬だろうが、まあ清十郎、気をつけてやんな」

「畏まりました……」

「それから清十郎、お前、常磐津の方は相変わらずかい？」

一瞬、信濃守の目の奥に鋭い光が宿ったが、町場に出た興奮が、五千石の殿様をすっかりと十次郎の昔に戻していた。

その翌日が、佐原家の剣術稽古に竜蔵が指南に来る日であった。

近頃は門人の神森新吾を連れてくることもあるのだが、今日は芝愛宕下《あたごした》の長沼道場に、直心影流藤川派の門人達が稽古をつけて貰いに参集するとのことで、竜蔵は腕試

しをしてこいと、新吾をそちらへ行かせていた。

ちょうど好い——清十郎は稽古が終わると、近頃また、天ぷらとかまぼこが絶品のそば屋を近くの今井町に見つけたので行ってみぬかと竜蔵を誘った。

「そいつはいい、ちょうど清さんに色々話したかったことがあってな……」

竜蔵は、佐原邸を出るや、待ち切れずに清十郎に切り出した。

「弦巻家家中の美しい娘御のことかな？」

清十郎はニヤリと笑った。

「え……？　清さん、どうしてそのことを……」

目を丸くする竜蔵のポカンとした表情を楽しみながら、清十郎は主君・佐原信濃守が微行《びこう》で常磐津の稽古に通い始めた話を竜蔵に打ち明けた。もちろん、信濃守がお才の実父であることは伏せた上だが——。

「何だって？　おれと清さんの話によく出てくるお才って師匠の顔を見てみたくなった……？　まったく、お殿様も酔狂なお人だな……」

呆れ返りつつも、そういう信濃守の稚気《ちき》が何とも頬笑ましく、竜蔵はますます信濃守への心服を深めた。

「だがな清さん、お才の奴がどこまでお殿様に話したかは知らねえが、おれは決して脂下がってなどいねえよ。まあ聞いてくれ」

竜蔵は田端兄妹と知り合うきっかけを、六助殺しの一件にまで遡《さかのぼ》って話すと悔しさをにじませた。

竜蔵は、六助の仇を討ってやろうという気持ちを忘れていたわけではなかった。あれから毎日一度は六助が殺害された場から、近隣の大名屋敷の辺をうろついて、あの馬面の侍の姿を求めていたのである。

そして、今朝出稽古に赴《おもむ》く前に、網結の半次から興味深い情報をしらされたのである。

それによると――六助が殺された夜、春林寺脇で侍同士が斬り合うのを、担ぎそばの親爺《おやじ》が見かけたというのだ。もっとも親爺は恐くなってその場から逃げ出したので、その後どうなったかは知らぬと言う。

さらに同じ夜、弦巻家上屋敷へ大きな頭陀袋を抱えた三人組の侍が入って行くのを、辻番の番人が見ていた。あの夜竜蔵が目撃した馬面の侍が連れていた二人の侍は大きな頭陀袋を抱えていた。

「とすれば清さん、これをどう見る?」

「六助という男が殺された夜、春林寺の脇で、弦巻家の家来三人が何者かを斬って、その骸《むくろ》を頭陀袋に詰めた……」

清十郎の表情に鋭さが増してきた。

「やはりそう思うかい」

「ああ、そこへ六助が通り掛かった。そして、口封じに斬られた……」

清十郎の推測に竜蔵は我が意を得たりと頷いた。三人の侍は、六助の骸まではどうしようもなく、おまけに竜蔵が六助を呼ぶ声が聞こえたので、慌ててその場を立ち去ったのであろう。

とは言っても、それはあくまで憶測に過ぎぬ。この事実をかざして弦巻家に問い合わせたところで知らぬ存ぜぬを通されれば引き下がるしかない。それどころか、六助を斬った侍は二度と表に出て来ないかもしれない——。

「いったいどうしたものかと思ってな、清さんに相談したかったんだ……」

「そうか……。竜殿はその一件に深く関ってしまったのだな……」

清十郎は低い声で唸《うな》った。

「実は、弦巻家はちょっとした騒動を孕《はら》んでいるようなのだ」

「弦巻家に騒動が……」

「江戸家老と城代家老との対立が、密《ひそ》かに進んでいて、今は御病床にあられる弦巻上《かず》総介《さのすけ》様は、御心を痛めておられるとか……」

先日、大目付・佐原信濃守は、近頃体調すぐれぬ弦巻家の当主・上総介を上屋敷へ見舞ったところ、その由《よし》を告げられたという。

上総介は決して凡愚な大名ではなかったが、生来病弱であったため、江戸家老・福田主膳、城代家老・山内孫兵衛《やまうちまごべえ》に支えられて家政を保ってきた。山内は国表での紅花の栽培を成功させ、福田はその専売に手腕を発揮して、京、大坂の問屋に送られることなく、直《じか》に江戸へ紅餅《べにもち》を出荷する道筋を開き、弦巻家の財政を潤した。しかし、国と江戸、作り手と売り手の間に対立が起こることは自然の成り行きで、自分が病床にある間に、何か起こらねばよいのだがと、信濃守に溢《こぼ》したのである。

佐原信濃守は、大目付は大名を断罪するばかりではなく、表沙汰《おもてざた》にならぬうちに騒動を治める助けをなすこともまたその職責であると、日頃公言している。

弦巻家によからぬ騒動が起こらぬように願い、信濃守に縋る上総介の苦渋に同情し、信濃守は密かに両家老の動きを見守るようにとの内命を清十郎に下したばかりであるというのだ。

「なる程、何やら話がややこしくなってきやがったぜ……」

竜蔵は思いもかけぬ話を清十郎の口から聞かされて煩悶《はんもん》した。

六助の仇を討ってやりたいが、せっかく江戸家老から目をかけられて、明日への希望に静かに燃えている田端兄妹の手前、弦巻家の秘事に触れてやりたくはない……。

「この、田端龍之介というのが好い男なんだ。そのうち清さんにも引き合せて、三人で一杯やりてえと思っていたのだが……」

新しい友が出来ればすぐに自分に引き合せたいと頭に思い描く——竜蔵の気持ちが心地よく受け止められて、清十郎は満足であった。

「なに、殿は弦巻家を守ろうとなさっておいでなのだ。まさか、田端龍之介殿と敵味方に分かれることもあるまい。六助という男のことは残念だったが、そのうち真相も明らかになろう。今は無理に動かぬことだ」

「うむ、そうだな。それは清さんの言う通りだ。こういうことは慎重に運ばねえとな……」

「いかにも、その田端早苗殿のためにもな」

「うむ、早苗殿のためにも……。ちょっと待て、おれは決して脂下がってなどいねえからな。お才の奴、よりにもよって佐原信濃守様に下らねえこと吐《ぬ》かしやがって」

「おいおい、言っておくが常磐津を習っているのはあくまでも佐山十郎という浪人だぞ」

「わかっているよ。口外しねえよ……。だが何かの拍子にポロッと言った時は許してくれ」

「ポロッと言われては困る」

「わかりましたよ」

「それから謝らねばならぬことがある……」

「何だい……」

「そば屋がどこであったか、わからなくなった」

「道に迷ったのかよ。道理でいつまでも着かねえと思ったよ」

「一旦戻ってくれ、そこからやり直す」

「どこまで生真面目《きまじめ》なのかねえ、この男は……」

竜蔵の〝動〟と、清十郎の〝静〟――二人の友情の呼吸は日増しに絶妙の間合になってきている。

四

その数日後のこと。

田端龍之介は江戸家老・福田主膳に呼び出され、弦巻家上屋敷内の御長屋にある、主膳の自室を訪ねた。

　このところ何かと目をかけて貰ってはいるが、自室に呼ばれるなど真に名誉なことだと緊張する龍之介に、

「おお、わざわざすまぬの。おぬしの顔を見ると何やらほっとするわ」

　と、主膳は穏やかな声をかけた。

「お戯《たわむ》れを。この龍之介はこれといって取り得のない武骨者にございまする」

「その武骨者こそが、いざという時に頼りになるものなのじゃ。近頃では誰を信じてよいやら、さっぱりとわからぬ」

「福田様におかれましては、何か屈託がおありの御様子にて……」

「城代家老の山内殿が、この福田主膳を快う思うておらぬことはそちも知っていよう」

「いえ、私はそのようなことには疎うございまして」

「はッ、はッ、いかにもおぬしらしい」

　主膳はほのぼのとした表情を浮かべた。

「そのようなおぬしだからこそわかっていて貰いたいのだが、山内殿は身共《みども》が江戸で紅花を取り扱《あつこ》うていることが気に入らぬようじゃ」

「それはいったい……」

「紅花は当家の貴重な実入り故、これを我が手に収めて御家の権勢を一身に集めたいのであろう……」

この身は紅花などに何の未練もないが、欲深い商人達相手に、主膳の他に誰が紅花の取り引きができるのであろうか――。そう思うと御家のためにもならず、

「やりきれぬ想いがするのだ……」

弦巻家が内福であるのは、商才に長《た》けた福田主膳あってこそと噂されてきた。

さぞかし近寄り難い怜悧《れいり》な切れ者と、頭に描いてきたが、存外心優しく、人情味のある人ではないか。龍之介は、主膳に心惹かれた。

「何やらつまらぬ繰《く》り言《ごと》を申したようじゃが、この先、江戸家老付の用人をおぬしに務めて貰うに、腹を割った話をしたかったのじゃ」

「何と……」

龍之介は主膳が何気なく言った言葉に頭の中が真っ白になった。

「わ、私を御家老付の用人に……」

「嫌か……」

「い、いいえ、夢のようにござりまする」

江戸家老付の用人は、馬廻組頭と同格で、いきなり二階級特進を果したようなものである。

「内意を伝えておきたかった。身共はおぬしのような裏表のない武骨者が好きだ。頼りにしておるぞ」

「ははッ……」

龍之介は天にも昇る想いで、その場に平伏した。

その、いかにも豪快な龍之介の物腰に、主膳は大いに満足をして、その日は昼から高輪《たかなわ》の下屋敷《しもやしき》へと出かけ、ここに運びこまれる紅餅を検分し、配下の侍達と共に海沿いの寮へと入った。

表向きは紅花商人が所有する小ぢんまりとした寮なのだが、実質は密かにここを借り受ける、福田主膳の別邸の如き趣がある。

「商談のために使っていると言うが、ここで何を企んでいるか怪しいものだ」

寮の外にある掛茶屋に一人の侍が居て、長床几に並んで腰を下ろしている侍にポツリと言った。

侍は眞壁清十郎である。

と、なると隣に腰かけているのは峡竜蔵である。

「あの野郎だ……」

竜蔵は目を見張った。

今しも、江戸家老・福田主膳の後ろに付き従う数人の侍――その中にあの雪の日に提灯の明かりに見た馬面の侍の姿を認めたからである。

忘れはしない。馬面に太い眉――確かにあの侍であった。

福田主膳、山内孫兵衛、両家老の動きを見守るという佐原信濃守の密命を受け、清十郎は主膳がここに足繁《あししげ》く出入りしていることを突き止めた。

竜蔵から六助殺しの話を聞かされ、悠長にも構えておれぬと早急に動いたのである。

「やはりそうか、竜殿、これはもう家老同士の達引《たてひき》は始まっているようだな」

清十郎の見たところでは、城代の山内孫兵衛は頑固一徹、清廉潔白の古武士然とした男で、江戸家老の福田主膳は何事に対しても当りが柔らかく、清濁併《あわ》せ呑む遣《や》り手であるが、その素行には怪しさが付き纏《まと》う。

山内城代は国表から選んだ配下を江戸へ送り、主膳をそっと調べさせた。しかし、主膳は切れ者、これを密かに始末したのではなかったか――。そうすると、国表の武芸優秀者のみに下されたという御家紋入りの手拭いの持ち主が、その殺された間者であったと頷ける。

「御家の権勢の奪い合い……。六助はその巻き添いを喰って、ただ通りかかっただけで殺されたっていうのかい」

怒りを顕《あらわ》に立ち上がる竜蔵を、清十郎は低く鋭い声で制した。

「待て……。どうしようと言うのだ」

「知れたことだ。あの寮に忍び込む」

「そんなことをしてもらうために竜殿を呼んだのではない」

「そこいらの密偵より、おれの方がずっと役に立つぜ」

「急《せ》いては事を仕損ずる……。これは某の役儀だ。某の思うように事は進めさせて頂く。六助の仇は必ず討つ故に、ここは堪《こら》えてくれぬか」

「う〜む……」

唸れど清十郎にこう言われては引き下がるしかない。

「わかった……。だが、何か知れたら必ずおれに教えてくれ。無論、口外はせぬ……」

清十郎はしっかりと頷いた。

——どうもおれは気が急いていかぬ。

竜蔵は先日、田端龍之介が言った言葉を思い出した。

「おれのように武芸しか能のない武骨者は、出過ぎたことは言わず黙々と勤めていればよいのだ。そうすればいつか浮かばれることもあると思うのだ……」

辛抱強く地道に福田主膳の身の廻《まわ》りを調べる今の清十郎が正にそうである。こういう男達が世の中を支えているのであろう。

竜蔵は何やら恥ずかしい想いに襲われ、清十郎に立礼すると、その場を去った。

とは言え、自分のせいで六助を死なせてしまったのではないかという想いから逃れられない竜蔵は、その仇は己が手で討たねばどうしても気が済まず、じっとしていられなかった。

おあつらえ向きにその翌日。

道場に田端龍之介の老僕が訪ねてきて、龍之介からの文を竜蔵に差し出した。上屋敷の御長屋へお越し願いたいとのことであった。

竜蔵に会って報せたい慶事があると言うのだ。

これ程の気晴らしはない。竜蔵は勇躍それへと向かった。

弦巻家上屋敷は汐見坂を上り、寺院の立ち並ぶ三田寺町の向かい側に広がる武家屋敷街の一画にある。

夜になると全く寂しい人気《ひとけ》の無いこの周辺も、まだ日が高いうちは連なる築地塀《ついじべい》がなかなかに壮観である。

勝手門で門番に訪問の由を伝えると、竜蔵に近頃備わってきた威風に圧倒されたのか、門番は至って丁寧に取り次いでくれた。

門の脇の詰所で待つと、

「おお、すまぬすまぬ」

と、龍之介が駆け込んで来た。

「今日は非番で、どうしてもおぬしに会いとうなってな……」

龍之介は竜蔵を急き立てるようにして、長屋へ案内した。

「ようこそお越し下さいました……」

酒肴《しゅこう》を調え待っていた早苗も嬉しそうであった。日々の暮らしに慣れた安堵《あんど》が、彼女を一層美しくしていた。

「まあ聞いてくれ。蔵殿、某はこの度《たび》御家老付の用人を仕《つかまつ》ることになったぞ」

龍之介は酒を注ぐのもまどろこしそうに竜蔵に告げた。家老付になれば役料も支給される――。日々の勤めで加増も夢ではない格別のはからいだというのだ。

「そうか、やはりおぬしは人に認められるだけの男であったのだな。うむ、よかったな」

竜蔵は、慶事とはそのことであったのかと、祝福しつつも、何かと取り沙汰されている福田主膳のお声がかりであることに不安を覚えた。

龍之介は、やっと日の目を見ることが出来た。そのうち落ち着けば竜蔵を剣術指南として推挙するとまで言い出して早苗に窘《たしな》められたりした。

まさかと思ったが、龍之介は江戸家老の側近に組み入れられようとしている。遣り手の切れ者で、商人との折衝に手腕を発揮する福田主膳は何故《なにゆえ》に朴訥《ぼくとつ》で、武芸一筋で生きてきた龍之介を引き上げるのか。

宮仕えに縁の無い竜蔵でさえも解《げ》せない人事である。今日は黙って友を祝福し、早苗を安心させて辞去しようと思ったが、遂に堪え切れずに、

「御家老の御側近に、太い眉をした馬面の侍がおらぬか……」

気がつけばそう尋ねていた。

「馬面……？　はッ、はッ、居る居る。夏木五兵衛《なつきごへえ》殿のことだな。まず見事な馬面だ……」

真顔で問う竜蔵の様子がおかしかったのであろう。龍之介は大笑いしてまたも早苗に窘められた。

「だが蔵殿は何故、夏木殿を知っているのだ」

馬面とはひどいぞと、龍之介は笑いを引きずりながら問い返した。

「先だって介さんが、破落戸の金貸しから助けてやった娘がいたな」

「ああ、おみつという娘であったな。父親が辻斬りに遭ったという……」

「その六助という父親が殺された夜。おれが怪しい侍を見かけたと言ったのを覚えているか」

「覚えているが……。まさか蔵殿……」

「その、まさかだ。その後の調べで、夏木五兵衛という侍が、おれがあの夜見た侍であったことがわかったのだ」

竜蔵は、眞壁清十郎の動きは伏せたものの、網結の半次の調べた事実を龍之介に伝えた。

場合によっては、清十郎の探索を邪魔することにもなりかねぬが、友として言わずにはおけなかったのだ。

龍之介は呆気《あっけ》にとられたように竜蔵を見ていたが、やがて口を真一文字に引き締めて、

「蔵殿、その話は聞かなんだことにする……」

「介さん、おれは心配しているのだ。弦巻の御家で何か騒動が起こっていて、それに介さんが巻き込まれるんじゃあねえかと……」

「蔵殿の気持ちは受け取る。だが、某は、夏木殿がおみつの父親を斬ったとは信じら

れぬ」

龍之介はそう言うとしばし沈黙した。

家中に騒動が起ころうが起こるまいが、竜蔵には関わりのないことである。そして、龍之介が巻き込まれるかどうかということも、門外の竜蔵があれこれ口出しすべきことではない。

そもそも大名家の家来たる者。御家に命を預けている身の上なのである。

物言わぬ龍之介の体から、そんな言葉が聞こえてきた。

「下らぬことを申した……。だが、おぬしには偽らざる気持ちを伝えておきたい。おみつの父親を殺した野郎が、誰であろうがおれは許さねえ。わかってくれるな」

「無論、おぬしの気持ちはわかる……」

互いに頷き合った後、竜蔵は打ち続く沈黙に何とも決りが悪く、程なくして田端兄妹の住まいを辞した。

——言わねばよかった。

馬面の侍の名が夏木五兵衛であることなど、眞壁清十郎はとっくに調べあげていることであろう。聞かずともよかったのだ。後悔ばかりが頭をよぎる。

狭い御長屋の中、苦労を分かちあって龍之介と共に生きてきた早苗は、どれ程竜蔵の言葉に胸を痛めたであろうか。

「必ずまた、お越し下さいませ……」

早苗はにこやかに竜蔵を送り出したが、その目の奥に潜む憂えは、いかに能天気な竜蔵とてはっきりとわかる。

豆腐好きの竜蔵にと早苗が腕を振るったのであろう長芋と豆腐を擂《す》り混ぜた白玉豆腐も、殆《ほとん》ど手付かずのままであったものを……。

五

或いは、思いもよらなかった御家の騒動が、自分を江戸へ呼び寄せたのかもしれぬ――。

田端龍之介はさすがにそう思い始めていた。

馬廻組の人数に空きが生じ、かつて江戸勤番として一度だけ参勤の供の列に加えてもらったことがあった自分を福田主膳が覚えていてくれて、

「あ奴なら妹が一人いるだけの身である……」

しかも、父親の代に家禄半減の憂き目を見ている故に江戸へ出ても励むであろう。

そんな理由で突如江戸詰を申し渡されたと聞いていた。しかし、いざ来てみると、

福田主膳の龍之介への配慮は格別のものであった。

その意味を、龍之介が知ったのは、峡竜蔵と気まずく別れた二日後のことであった。

江戸家老・福田主膳によって初めて高輪の寮に呼び出された龍之介は、

「おぬしを男と見込んで頼みたいことがある」

と、真剣な目差《まなざし》で告げられたのである。

主膳の他には、夏木五兵衛、森野《もりの》利三《としぞう》、江《え》川半蔵《がわはんぞう》という、江戸家老付用人の三人がしかつめらしく控えている。

三人の存在は、自分も既にこの列に加わっているのだという昂揚《こうよう》を、龍之介に与えた。国表では小城の一画の番を、明けても暮れても繰り返す単調な日々を送ってきた龍之介であった。それが江戸へ出て、家老に大事を打ち明けられるのである。政《まつりごと》の真ん中に身を置くことなど、男子の本懐と言わずして何としよう。

「何なりとお申しつけ下さりませ……」

男と見込まれては断れぬ。その時、龍之介の脳裏から、峡竜蔵の姿が消えた。

「山内孫兵衛を斬って貰いたい……」

「御城代を……」

福田主膳が語る一大事は龍之介の予想をはるかに超えていた。

「かねてより山内は、この主膳を失脚させ己が権勢を恣《ほしいまま》にせんとて、江戸に密偵を放ち、ありもせぬ風聞を作り上げようとしていた」

「して、その密偵は……」

「我らが見つけ出し、始末致した……」

座敷の端に控えていた夏木が静かに言った。

「先般、上屋敷近くの寺の木立で辻斬り騒ぎがあったと聞きましたが……」

「同志であるおぬしには本当のことを話そう。密偵を始末したところを見られ、町の者の口を封じた……」

峡竜蔵の疑いは的を射ていた。六助なる職人を斬ったのは、やはりこの馬面の男であったのだ。

「御家のためにやむをえず斬ったのだ……」

共犯の森野、江川と共に、夏木は項垂《うなだ》れた。

「その事を思うと胸が痛い……。事が済めば必ず償いをするつもりじゃ」

配下の三人を主膳は庇《かば》う。男達の嘆きは御家のためという一言によって哀切が増した。

「我らの苦悩、おぬしならばわかってくれようの……」

「ははッ……」

龍之介は思わず平伏をした。

「山内を討つは御家の為。国表にて武骨者と知れたおぬしになら、山内も警戒を解こう。後のことは任せておくがよい。成功の暁《あかつき》には家禄を以前のものに戻し、さらに加増を賜るよう殿に願い出よう」

「それは真にござりまするか」

「二言《にごん》はない。殿は先君がおぬしの父親に辛《つろ》う当たったことをお気にされている由。わけもあるまい」

家禄を旧に復し、さらに加増する——それは龍之介生涯の念願であった。

「すべてを打ち明けたのじゃ。やってくれるな」

龍之介の思い入れを見てとった主膳は、ここを先途《せんど》とたたみかけた。

近々、山内孫兵衛は主君・弦巻上総介の病床を見舞うという名目で出府するという。千住《せんじゅ》の宿《しゅく》へ入ったところを迎えに上がったと目通りを願い、その場で斬れと——。

「畏《かしこ》まってござりまする……」

閉めきった座敷に、ついに絞り出すような龍之介の声が響いた。

寮の内で件《くだん》のやり取りが交わされている頃。

近くの海岸の岩場には、黙然と釣糸を垂れている浪人風の姿があった。

菅笠《すげがさ》に長合羽《ガッパ》、傍に焚火《たきび》をしながらゆったりと釣りに興じているのは、眞壁清十郎である。もちろん釣りは方便で、その目は福田主膳が拠《よ》る寮へと向けられている。

「釣れるかい……」

そこへ峡竜蔵がやって来て、並んで腰を降ろした。

「いや、皆目釣れぬ。あの寮の中ではいかにも腕の立ちそうな侍が一人、一本釣りをされているようだが……」

「田端龍之介か……」

「そのようだ。竜殿が引き合わせてくれるのを楽しみにしていたが、思わぬ所で見てしまったよ」

「それでまた、おれを呼び出してくれたのかい」

「ああ、竜殿の友達は、福田主膳に取り込まれている。これは好くないことだ」

「やはり好くないか」

「ああ、福田主膳と山内孫兵衛のどちらが正しいかとなると、福田主膳の分《ぶ》は悪い」

「江戸家老は何をしてやがるんだ」

「紅花の取り引きで得た金を横領しているようだな」

「確かなのか」

「福田主膳には金にまつわる噂が多い。それで、弦巻家と取り引きをしている商人から話を聞くと、主膳はどうも二重帳簿を作っている節《ふし》がある」

「そんなことを商人がよく打ち明けたな」

「罪には問わぬ故、正直に話せ、今話さずに後で隠し事があったことがわかれば、命は無いものと思え……」

「お上の御威光てやつで脅したのか」

「そういうことだ」

「気に入らねえ」

「正義のためだ。止《や》むを得ぬ。だが、これで竜殿の友達を救うことができるやもしれぬ。福田主膳は己が権勢を守るために、純朴な武骨者を言いくるめて、用心棒にしようとしているに違いない。それだけは言える」

「そうだな……」

「遣い捨てにされぬよう。竜殿、忠告をしてやった方が好い」

「おれが言ったとて、聞く耳を持つだろうか」

「大丈夫だ」

「そうだろうか」

「某なら竜殿の言うことを信じる。どんな時でも……」

清十郎はしっかりとした目差を向けた。

「ありがたい……。おれは本当に欲が深《ふけ》えや。清さんみてえな友達が居るってえのに、まだ、欲しがるなんてよう……」

しみじみと頬笑む竜蔵に、清十郎は声を潜めて、

「言っておくが、大目付が動いていることは……」

「わかっているよ。口が裂けても言わねえ……」

「それでよし……」

清十郎は釣竿《つりざお》を引き上げ、にっこりと笑ってその場を立ち去った。

それから竜蔵は焚火の残り火にあたりながら寮を見ていたが、程なくして中からいかにも屈強そうな侍が出て来るのを見た。

田端龍之介その人である。海岸辺を歩く姿には緊張が漲《みなぎ》り、その表情は硬かった。

竜蔵は少しやり過ごしてから浜辺へ出たところで呼び止めた。

海から吹き来る寒風は厳しく、二人の着物の袖《そで》を揺らした。龍之介は何も喋《しゃべ》らず、

強張《こわば》った表情そのままに竜蔵に向き直った。

最早お家の大事に深く関る身となったのだ。外部の者と軽々しく口を利けない。

だが、武骨一筋の龍之介は黙れば黙るほど、先に試練を控えた殺伐さが体中から発散される。

「あの寮は福田主膳の別邸となっているようだな」

福田主膳の名をいきなり出されて、龍之介の顔にみるみるうちに困惑の色が浮かんだ。

「そこで何を言いくるめられたかしらぬが気をつけろ」

「何を言いたいのだ……」

竜蔵の厳しい視線に堪えきれずに、龍之介は少しむきになって問い返した。人を斬ってくれという頼みに応じたことに迷いがないわけではない。真《ま》っ直《す》ぐな心の持ち主である竜蔵からこのような言葉を投げかけられるとやはり気になる。龍之介の良心が疼《うず》くのだ。

「福田主膳は紅花の取り引きにおいて帳簿を巧みに操り、御家の公金を横領している」

「何だと……。言いがかりは止《よ》せ！」

「言いがかりではない。おみつの父親の六助はそのことに絡んで斬られたのだ……」

「何を証拠にそのような……」

「今ここで証拠を見せることはできぬ。だが、六助を虫けらのように殺しやがった奴は誰か。必ず見つけ出そうとして掴んだ確かなことだ。おれを信じてくれ。介さんの出世を願わぬ竜蔵ではない。そのおれが言うのだ……」

「某にどうしろと言いたいのだ」

「悪事を働けば必ずその報《むく》いがくる。その時、裁かれる側に介さんがいねえことをおれは願いたい」

「それ故、福田様の申されることに耳など傾けるなと言うのか」

「甘い誘いに乗るなと言っているのだ」

「これ以上の差し出口はやめてもらおう」

「目を覚ませ。このままでは遣い捨てにされるだけだぞ」

「そのようなことを恐れていては立身出世は叶わぬ。父のようになりたくはない。これはおれの勝負なのだ」

「勝負のしどころが違うんじゃねえのかい」

「宮仕えなどしたことのないおぬしに何がわかる！　福田様のことをおぬしが何と思

おうが、あのお方だけがおれを認めて下された。武士は己の才覚を引き上げてくれる者のために奉公を致すものだ！」

「介さん……。お前、それでいいのかい……」

「この先、おれに付きまとうなら、おれはおぬしを斬る……」

「何だと……」

龍之介の発する殺気に、さっと竜蔵は後退《あとずさ》りして間合を切った。

龍之介は本気のようだ。身構えた左手の親指は、鯉口《こいぐち》を切らんと大刀の鍔《つば》にかかっている。

「この野郎……」

たちまち竜蔵の頭に血が昇り、彼もまた己が大刀の鯉口に左手の親指を押しあて、来るなら来いと身構える。

二人の武士が放つ凄まじい気迫がぶつかり合い、空中へと弾《はじ》け飛び、恐れをなした水鳥達は何方《いずかた》へとなく飛び立った。

睨み合う二人の形相《ぎょうそう》は鬼神と化す。

出会うや意気投合し、友と誓った二頭の竜であったものを。

「わかった……」

やがて竜蔵は、左手をだらりと落した。しばし続いた二人の対峙《たいじ》を解いたのは、竜蔵が龍之介の肩越しに認めた老僕の姿であった。田端家に親の代から仕えているというこの老人は、龍之介を迎えに来たものの、ただならぬ二人の様子に啞然《あぜん》としてこちらを見ていたのだ。

その瞬間、竜蔵の脳裏に老僕を供に道場を訪ねてきた、龍之介の妹・早苗の姿が浮かんだのだ。

竜蔵の様子に、龍之介も、また老僕に気付き我に返って左手を刀の鞘《さや》から離した。

六助を殺し、おみつ達娘から父親を奪い取ったやもしれぬ一味と徒党をなす上は、敵と味方である。

それでもやはり根は優しい男であることを知るだけに、竜蔵は龍之介とやり合いたくない。

この上は、眞壁清十郎にすべてを託し、六助殺しの落し前はお上に委《ゆだ》ね、一切、田端龍之介には構うまい――。

「おぬしとは絶交致す……」

竜蔵はそう言い置くと、浜を立ち去った。

それから竜蔵は無口になった。

峡道場では黙々と、己が型作りに励み、真剣でどれだけ虚空《こくう》を斬り裂いたやしれぬ。

そうかと思うと赤石郡司兵衛の道場へ出かけ、沢村直人《さわむらなおと》を相手に打ち込み稽古に励み、受けるだけの沢村を辟易《へきえき》とさせる程の間、一刻（約二時間）ばかり連続で打ち込むという荒稽古を見せた。

「先生はどうしてしまわれたのであろう……」

竹中庄太夫、神森新吾、網結の半次は、師の突然の沈黙に戸惑った。

「何か大事なものを失くしちまったんじゃないんですかねえ……」

長い付き合いのお才は、門人達に問われてそう答えた。

「そんな時がまた、あの男の剣術を強くするって、誰かが言っていたような気がしますよ……」

六

弦巻家城代家老・山内孫兵衛が俄に国表を発《た》ち、江戸へ向かったという報せが密使により福田主膳にもたらされたのは師走《しわす》の十日のことであった。

十五日には千住に入る。

ここで孫兵衛は江戸の様子を窺った上で上屋敷へ入るのであろう。

「いよいよじゃ。まずは千住の様子を知るがよい……」

福田主膳に言われ、田端龍之介が千住の地を夏木五兵衛、森野利三、江川半蔵と共に下見をしたのが三日前のこと。

「ゆるりと千住で遊んで来るがよい」

と、主膳は四人にそれぞれ二両ずつ手渡したが、龍之介は気が乗らず、

「剣の腕を確かめておきとうござる故……」

と、武骨さを崩すことなく上屋敷へ戻《かえ》った。

いかにもおぬしらしいと、夏木達は却って頼もしがってくれたが、龍之介の心は揺れていた。峡竜蔵との訣別《けつべつ》による喪失感は、龍之介にとっても大変なものであったのだ。

竜蔵が許し難い奴と探し求める、六助の仇は正しく夏木、森野、江川の三人であり、その凶行も御家の為だと片付けて、自分は事の理非も確《しか》とわからぬまま城代家老を騙《だま》し討ちにしようとしているのである。

龍之介は誰に取り入ることなく黙々と御役を勤めてきた。誰かに取り入れば誰かに疎まれる――。そう思ってのことだ。ましてやそれ故、城代家老などという重役と言葉を交わしたことがない故、福田主膳が山内こそ悪だと言えばそう思うしかない。

江戸屋敷の家来達は誰も福田主膳を悪くは言わない。

だがそれを、一度は刎頸の交わりを誓った峡竜蔵は裏帳簿を繰り、御家の公金を横領しているという。

弦巻家の剣術指南役というならともかく、一介の剣客が、何を知るものか。とかく、仕事のできる者はやっかみによって悪い風聞を立たされるものだ。あの直情径行甚しい峡竜蔵のことである。そういう噂を簡単に信じて、いらぬお節介を焼いたのに違いない。

そう思った。

――奴はおれの気持ちがまるでわかっておらぬ。おれがどれだけ、馬鹿な親父の為に苦労してきたかということを。

たかだか八十石取りの納戸《なんど》役の身で、恐れ多くも殿の奢侈《しゃし》を諫め閑職に追いやられ、家禄は半減、周りからは出過ぎた奴よと蔑《さげす》まれ、それが我が身をどれだけ苦しめたことか。

武芸に励んだのは、周りの者に馬鹿にされぬ為であった。出過ぎず、余計な口は叩かず、正義を胸に秘めた武骨者になろうと努めた。

そうすれば人の謗《そし》りを受けることもないだろう。生来喧嘩っ早い気性も、喧嘩を売られることがなければ問題は起こらない。

そして、遂にその生き方が認められたのだ。——それを峡竜蔵の奴め、勝負のしどころが違うと吐かしやがった。

とはいえ、憤《いきどお》ってはみても、絶交すると言って去っていった竜蔵の姿を思い出すと、自分はとんでもなく大切なものを失ったような気がしてならない。

「介さん、おれの道場には弟子が三人しかいねえが、おれは弟子をとるために剣術をやっているんじゃねえんだ。剣の道は、他人が己をどう思うかではない。己が己の剣をどう思うかに尽きるんだ。剣名なんてくそくらえだ」

少し照れながら語った竜蔵の笑顔が頭をよぎる。

気がつくと夕暮れの金杉通りまで来ていた。

「田端様……！」

と呼ぶ声に振り返ると、まだあどけない顔をした菜売り娘が龍之介に笑顔を向けていた。

「おう、おみつ坊か……。励んでおるな……」

龍之介を呼び止めたのは、六助の遺児・おみつであった。寒空の下、売れ残った菜を抱え、それでも幼い妹達の為にと健気《けなげ》に働くその姿は美しかった。

「その折はありがとうございました」

「何の、大したことはしておらぬよ。困ったことはないか」

「いえ、峡先生やお才師匠もあれこれ助けてくれますから」

「そうか、それはよかったな……。うむ、よかった……」

「お父っさんを殺した咎人はまだ捕《とら》まえられてはおりませんが……」

「左様か……」

龍之介の胸は熱くなった。悪事を働けば必ずその報いが来る――竜蔵の言葉が蘇《よみがえ》る。

この子の父親を殺した男と、自分は最前まで、新たに人を殺す為の段取りを図っていた。龍之介はおみつの目が見られずに、引ったくるように、残った菜を買ってやり、そそくさと上屋敷の侍長屋へと戻った。

「まあ、これは見事な……」

早苗は、龍之介が持ち帰った大根や葱《ねぎ》を見て目を丸くして、それがあの日破落戸から助けたおみつが売っている物だと聞いて、

「それは好いことをしてさし上げましたね」

と、兄の優しさを喜んだ。何も聞かされてはいなかったが、このところ龍之介は何やら殺伐とした風で、老僕は物言わぬがしゅんとしていて、どうも心穏やかになれる

一時が少なかったのである。

龍之介もまた、妹の早苗に己が屈託を見抜かれている気がしていて、このところ居心地が悪かったのが、今日の野菜で随分と和《なご》んだ思いがした。

「早苗、おれはどうも出世には縁がない男なのかもしれぬな……」

大根を眺めながらふっと苦笑いを浮かべる龍之介を見て、早苗はこれこそが兄の素顔なのだとほっと息をついて、

「出世などなさらずとも、今迄《いままで》通り律儀でお優しい兄上で居て下さることが、早苗には何よりでございます」

つくづくと龍之介を見た。

「子は親の悪い所ばかりが似ると言うが、まさしくそうだな」

「そのようなことはござりませぬ……」

早苗から野菜を受け取りに来た老僕が珍しく口を挟んだ。

「曲がったことがお嫌いで、真っ直ぐなお心を持っておられたお父上様の好いところを旦那様は受け継がれておられますよ……」

「そこが親父の好い所か……」

「はい、私はそう思います。お殿様に小言を仰《おっ》しゃるなど男一代の痛快事ではござり

ませぬか。私は立派な御方であったと今でも誇りに思っておりまする」

畏まって立ち去る老僕の言葉に、龍之介の心の靄《もや》はたちまち晴れていった。

純朴にして爽《さわ》やかな田端龍之介の笑顔に久し振りに触れて、早苗は満足であった。

ふと見ると、窓の外に雪が散らついていた。

翌日、龍之介は動いた。

だが、峡竜蔵を三田二丁目の道場に訪ねたものの生憎会《あいにく》うことは叶わなかった。

折悪く、竜蔵は大目付・佐原信濃守邸で、側用人眞壁清十郎と会っていた。

清十郎は、弦巻家城代家老・山内孫兵衛が明日、千住の宿に入ることを摑んでいて、信濃守の密命を帯びて、山内に対面することになっていた。

福田主膳の悪業は明らかになった。この上は、弦巻上総介の病状回復を待ち、内々で仕置きをするように。それについては大目付・佐原が後押しをするとのことを告げる為である。

そして、何よりも山内孫兵衛の身に危険が迫っていることは充分予想される。清十郎は注意を促し、数人の佐原家中の士と共に身辺警護をするのであるが、その列に峡竜蔵が加わってくれるよう要請したのである。

これを快諾したものの、竜蔵はもしかして山内を護るうちに、福田主膳の手先と化した田端龍之介と命のやり取りをすることになるのかもしれない……。などという考えが頭の内をよぎっていたから、竹中庄太夫から、龍之介来訪の報を受けた時は心が躍った。

「田端龍之介は何と言っていた？」

「先だっては申し訳なかった……。それだけ伝えてもらいたいと」

「そうかい……。わかった！」

竜蔵は聞くや走り出していた。詫《わ》びに来たというならば、思うところがあるのであろう。まず面会を求めよう。

竜蔵の足は、弦巻家上屋敷へ向いていた。

勝手門を訪ねると、先日の門番が覚えてくれていて、すぐに呼び出してくれたが、現れたのは老僕を連れた早苗であった。

老僕は先日のことがあっただけに、竜蔵の姿を認めると、とにかく嬉しそうである。

竜蔵は声を弾ませながら、龍之介が道場を訪ねてくれたのだが行き違いになったことを告げた。

「左様でございましたか……」

早苗はいかにも申し訳なさそうに眉を曇らせた。龍之介は本日非番なのであるが、峡竜蔵と仲違《なかたが》いをした。このままでは後生《ごしょう》が悪いので、今日はこれを解消すべく、あれこれ用を済ませてくると言って出て行ったというのだ。

「兄は武骨者のこと故、無礼があったことと思いますが許してあげて下さりませ……」

祈るような目を向ける早苗に、

「喧嘩をするのも友ならではのこと。そうお伝え下され……」

と、労うような言葉をかけ、老僕と共に大いに喜ばせると、

「また、お訪ねしてよろしゅうござるか」

潤んだ瞳を見返した。

「何時《いつ》でも早苗は、お待ち申し上げておりまする……」

「それを聞いて安堵致した。しからば御免！」

竜蔵はまた駆け出した。竜蔵との仲違いを解消させるためにあれこれ用を済ませる――。

その言葉が気になった。

――あの寮に行ったのに違いない。

そこで龍之介は亡父が先君になしたと同じく、江戸家老を諫めるつもりなのかもし

れぬ。

眞壁清十郎に怒られるかもしれぬが、あの寮に忍びこんでも、龍之介の無事を確かめねばならぬ。

竜蔵の走力は次第に上がる。

案に違《たが》わず――その時、田端龍之介は高輪の浜辺の寮に居て、弦巻家江戸家老・福田主膳の前に畏まっていた。

「どうした……。明日の段取りは夏木に任せてあったはずだが……」

寮の奥座敷で、主膳は俄に訪ね来た龍之介に怪訝《けげん》な目を向けていた。

「お聞きしたいことがございます……」

「田端、不躾《ぶしつけ》に何だ。御家老に無礼であろう」

傍らに控える夏木五兵衛が窘めた。

「まあよい。人一人を斬るのだ。あれこれ思うこともあろう。申してみよ」

「此度《こたび》のことは、真、御城代に非があってのことにござりましょうや」

「何を言いたい……」

「そもそもこの寮に御家老がお籠りになられるのは何故のことにござりましょう」

「商人との取り引きに便利故のことに決っておろう」

「ここに詰めている者共によって、御屋敷に納められるはずの商人からの帳簿が、一旦他の物に書き替えられている……。そうではござりませぬかな」

「何だと……」

峡竜蔵に言われて以来、龍之介は福田主膳に関する疑惑を自分なりに慮《おもんぱか》ってみた。

荷の受け渡し等は下屋敷の蔵で成されるが、書き付けのやり取りなどはこの寮で交わされ、この寮の広間にはいつも、数人の用人が居て閉めきられた部屋の中で、何やら帳付をしている。さらに、中庭の片隅では頻繁に焚火がされていて、そこで燃やされている白い紙の束を見た。

「この寮にて公金横領の企てがなされているのではござりませぬか。それを確かめんとして、御城代は江戸へ密偵を放たれたのではござりませぬか」

「黙れ！」

主膳は一喝して龍之介を睨みつけた。

「おぬしは黙って、言われた通りにすればよいのだ」

「お断り致します」

「断るだと……」

「そもそも家来同士が命のやり取りをするなど馬鹿げたことにござりまする。今、お話を伺い、どちらに非があるかがわからなくなって参りました。そのような半端な気持ちで人は斬れませぬ」

「たわけは父親譲りか……」

「わたしの亡き父は、思えば立派な男でございました……」

龍之介はそう言って座礼をした。それを見すえる主膳は夏木にゆっくりと顎《あご》をしゃくりつつ、

「田端、考え直せ。大事を打ち明けて、このままこちらも引き下がれるものか」

「口が裂けても他言は致しませぬ。御家老、何卒、御城代と膝《ひざ》を交えて、当家の行く末の為にお話し合いになられますことをお祈り申しあげまする」

龍之介はそう言って奥座敷を出た。

胸のつかえがするすると溶けて流れ出た想いであった。出世の道は途絶えたかもしれぬ。だが大手を振って屋敷の外を歩ける。峡竜蔵に会うことが出来る。

——おれには剣がある。これを大成させれば自《おの》ずと道も開けていこう。

「待て、このままここを出られると思うか」

廊下を足取りも軽く行く龍之介を夏木が呼び止めた。

「先だっての町の者のように某を斬るおつもりか……」

落ち着き払って応える龍之介の周りを、廊下の向こうから、庭先から……、寮に居る福田主膳配下の侍達が次々に現れ、たちまち取り囲んだ。

覚悟はしていた。こ奴らを一人でも多く斬ることが、病に臥《ふ》せっている主君・上総介への奉公であり、峡竜蔵への友情の証《あかし》であり、殺された六助への供養である。

龍之介の脳裏に幼い頃、家禄半減を宣せられ、尚《なお》涼やかな顔をしながら、仏壇に向かって頭を下げた、亡き父の姿が蘇った。

——父上、さすがの貴方《あなた》もここまでの痛快事は出来ませなんだな。

無念無想の境地にて、龍之介はゆっくりと大刀を抜き放った。

その直後に起こった寮内での剣戟《けんげき》の響きを、駆け付けた峡竜蔵は閉ざされた腕木門《うでぎもん》の向こうに聞いた。

「介さん……」

竜蔵は裏手へと回り、裏の木戸を蹴破った。

庭先へ入った竜蔵の目に、多勢を相手に怯《ひる》むことなく斬り結ぶ、田端龍之介の勇姿がとびこんで来た。龍之介、既に二人の敵を斬り倒している。

「蔵殿！」

竜蔵の姿を認め、濡れ縁の上で奮戦する龍之介は白い歯を覗《のぞ》かせた。

しかし、その白い歯は飛び散る血汐にたちまち赤く染まった。――龍之介の胸に二本の矢が突き立ったのである。

射手は森野利三と江川半蔵、庭の植え込みの陰に潜み半弓に矢をつがえていた。

「おのれ!」

竜蔵は駆けた。その鬼の形相と迫力に、二人は二の矢をつがえ切れずに竜蔵の怒りの太刀を受け、昨夜降り積もった雪を血しぶきに染めながらその場に倒れ伏した。

「やるか、やるか、この野郎!」

怒り狂った峡竜蔵、龍之介に駆け寄りざまに化鳥《けちょう》の如く空を舞い、拝み斬りに、あの夏木五兵衛の馬面を真っ二つにした。

矢を受けながらも、龍之介はかかり来る敵を袈裟《けさ》に斬り捨て遂に力尽きてその場に屈《かが》み込んだ。竜蔵は二人を撫《な》で斬りにして龍之介を支えた。

既にかかり来る敵は皆、斬られてその魂を黄泉《よみ》へやったか、現世で刀傷にもだえ苦しんでいる。

ただ一人、雪景色を赤い戦場と化した庭先を見下ろし、虚仮《こけ》の如く縁に立ち竦《すく》む福田主膳を除いては――。

「介さん……! 介さん、しっかりしろ……」

振り絞るような竜蔵の絶叫を、龍之介は穏やかな迷いなき表情で受け止めると、

「これで、死んだ後、父に胸を張って会うことができる……。おぬしのお蔭だ。蔵殿に会えてよかった……。ひとつ約束してくれ……」

途切れ途切れに言った。

「何だ……」

「おれは武士として素晴らしい生涯を終えるのだ。悲しまずに見守ってくれ。悲しんだら絶交だ……」

「わかった……」

涙を堪えて竜蔵は頷く。

「忝い……」

真に澄み渡った声で竜蔵に応えたまま身じろぎもせず、やがて龍之介はゆっくりと目を閉じた。

七

それから——。

程無くして歳も明け、峡竜蔵は三十歳となった。

田端龍之介の死は、竜蔵を一時また無口にさせたが、その哀《かな》しみを稽古に紛らし、彼の表情にいつもの笑顔が戻った時――竜蔵の剣は一層の深みを増していた。

梅が咲き始めた頃。峡竜蔵の勇姿を、自邸の武芸場の見所に居て、大目付・佐原信濃守は惚れ惚れとして眺めたものだ。

「先生、何やら大人になったではないか」

「はい……。少しそれが寂しいような気も致しますが」

傍らに控える眞壁清十郎が応える。

「ふッ、ふッ、心配はいらぬよ。人間の性質《たち》はそうた易《やす》く変わりはせぬ。そのうちまた大暴れをするさ、あの男は……」

「それもまた、迷惑でござりまするる」

「あの先生の迷惑は愛敬があってよい」

「はい……」

「弦巻殿が床を払われた」

「それは何よりでございます」

「此度のこと、内々に済ませて頂き、真に忝い。死んだ六助なる者の遺族へは必ず償いを致すとの仰《おお》せであった」

斬り合いがあった寮には、清十郎が佐原家の家士と共に入り、外部からの出入りを遮断して事を収めた。福田主膳は公金横領と、城代家老・山内孫兵衛が放った密偵を葬《ほうむ》ったことを認め、密やかに腹を切った。

病を克服した弦巻上総介は、信濃守に謝し、峡竜蔵を、

「当家の剣術指南も願えぬかとのことだが、清十郎、先生は引き受けるかのう……」

「さて、断るのではないかと……」

「そうであろうか」

「田端龍之介を死なせてしまった弦巻家に心惹かれるはずはござりますまい……」

「早苗とか申す、美しい妹の噂話など聞かされるのも嫌か……」

早苗は、山内城代の取りはからいで、国表にて龍之介の死で途絶えてしまう田端家を、婿をとることで継ぐことになった。

「それによって、家禄も旧に復する運びと相成《あいな》りましてござります……」

そのことを竜蔵に伝えた時の早苗の声は哀切に震えていた。

老僕と下女、弦巻家中の士に伴われて奥州へ旅立つ早苗を見送った竜蔵は、

「病に臥せっている場合じゃねえだろ。しっかりしやがれ、弦巻上総介……」

と、別れの雪が散らつく街道沿いで、吐き捨てるように呟いたという。

「ふッ、弦巻殿に聞かせてやりたかったの」

信濃守は小さく笑った。

「早苗の婿となって田端家を継ぎつつ、弦巻家剣術指南役となる……。そんなことはできぬ男よの」

「はい。できぬ男にございます」

「いつまで独り身でいるのであろうのう……」

たとえばお才と我が身が父子の名乗りをあげたなら、お才とて武家の娘。相手に不足はあるまいに……。

信濃守はその言葉を呑みこんで、武者窓の外、ちらほらと降り始めた雪を眺め、

「よく降りやがる……」

と、少しばかりだらしなく目を細めたのである。

清十郎は畏まると、見所から降り、竜蔵に一手指南を願いまするると、稽古を望んだ。

「えいッ！」

「おうッ！」

手強《てごわ》い相手との立合に、尚一層力強く躍動する峡竜蔵の四体《したい》は、猛々《たけだけ》しき青竜の如く、新たなる剣の境地を求め、まるで疲れることを知らなかった。

時代小説文庫
お 13-4

恋《こい》わずらい 剣客太平記《けんかくたいへいき》

著者 岡本《おかもと》さとる
2012年5月18日第一刷発行

発行者 角川春樹

発行所 株式会社 角川春樹事務所
〒102-0074 東京都千代田区九段南2-1-30 イタリア文化会館

電話 03(3263)5247[編集] 03(3263)5881[営業]

印刷・製本 中央精版印刷株式会社

フォーマット・デザイン& シンボルマーク 芦澤泰偉

ISBN978-4-7584-3659-5 C0193
http://www.kadokawaharuki.co.jp/[営業]
fanmail@kadokawaharuki.co.jp[編集] ご意見・ご感想をお寄せください。